開業！
トラブラドバイス株式会社

ケビン小竹

東京図書出版

開業！　トラブラドバイス株式会社

一

いつの頃からだろうか。普段はとても食欲旺盛なのだが、飲むとあまり食べなくなっている。酒肴を求めなくなったのかというとそれは違い、若い頃のように腹一杯になるまで食べることがなくなったということだ。贅沢なことだが、うまいものに限り、それを少しだけ食すような、いわば大人の食べ方になってきたということなのだろうか。

そうはいっても、宴会を終えて二軒目に寄ってから帰路に就き、電車を降りると無性にラーメンが食べたくなる。身体が塩分を欲してくるのか、食べたくなるのは大抵ラーメンなのだ。胡椒をたっぷり振り掛けて食べる。これが果たして大人の食べ方と言えるのかどうか。

宴席で出て来た料理には好物だけに手を付けて、あとはグラスを持って各席を回っては、ずっと話し込んでいる。すっかりいい気分で自分の席に戻ると、既にお開きの時間が近づいているといった具合だ。まぁ、それで楽しいのだから、身勝手な自分のいい加減さや、だらしなさを呪う気もおきない。

権堂誠は、いつものように、飲み会の帰り電車を降りると、またぞろ遅くまで営業している行きつけのラーメン屋に立ち寄っていた。

ラーメン屋といっても、日本酒や焼酎なども色々と揃えている。ラーメン屋だった店主が居酒屋を始めたといったところだろう。店の名前を冠した特製ラーメンを売りにしている。これが飲んだ帰りには、恐ろしくうまいのだ。

遅い時間になると、飲み過ぎてくだを巻いている客もいるし、飲み疲れて大人しく語らっているグループもいる。だいたい二軒目以降にこの店を訪れた人達なのだろう。

一人で店に来ていると、話し相手がいるわけでもないから、自然と周囲の客の会話が耳に入ってくる。何かの祝い酒や送別会、会社帰りのサラリーマンが愚痴をこぼしていたり、学生が好きな女の子の話をしていたり、ずっと説教を垂れ続けている輩もいて、話題はさまざまだ。誰しも酒が入ると、本音を吐露したり、気が大きくなり、話を盛ったりするものだ。本人達は大真面目で会話に没頭しているわけだが、聴いている部外者の自分にとっては、思わず吹き出してしまうようなこともある。

そうやって、さまざまな人種の話に耳を傾けていると、あるひとつのテーマが浮かんでくる。それは、日頃の生活の中で、上手くいかなかったり、悩みがあったり、不満があったり、それを仲間に吐き出すことで、明日からの活力に結び付けているようなことだ。

少し堅く言えば、自身や周囲が抱えている課題について、酒場で仲間と共有し、その解決策やヒントを得ているというようなことか。解決策は見つからなくても、聴いてもらうだけで、心の負担が軽くなる。もしも解決策が見つかればなおの事いい。そんなことなのかも知れない。

そう考えると、人々は、『困り事』の『相談に乗ってもらう』ということを、常に欲しているように思えてくる。世間の人達の『困り事の相談に乗る』ということが、幸せな社会を創ることに繋がったりはしないか。

あるいは、そんな大それたことにはならないとしても、これは商売になったりしないだろうか。権堂誠は、いつからか、そんなことを考えるようになっていた。

世の中には、さまざまな問題を抱えている人がいて、その問題の重さや深さは千差万別だ。当事者にとっては大きな問題であっても、別のある人にとってみれば、それは些細な問題か、あるいは問題にもならないようなこともある。その気になれば、誰でも代わりに解決してあげられそうなことだってある。少しだけ背中を押してあげれば、あとは自身で解決できるようなこともあるだろう。

世の中の誰にとってもちょっと難しい問題だと思われる事柄には、大抵の場合、それを解決する為の専門家のような人がいたりする。その問題を解決することを仕事としている人達だ。国家資格など、社会が認めた専門性を持っている人でしか解決できないことは沢山ある。その人の専門性のお陰で、無事に問題が解決できた時には、その人がいてくれたことに心から感謝したい気持ちになる。

世間では、医師、弁護士の友達は持つべきだなどとも言われる。政治家の先生は、さまざまな陳情を受け付け、人脈を駆使して動くこともあるはずだ。選挙を見据えての打算的な思惑があったとしても、それは世の中の為になっていることだって多いのだろう。

もちろん、そういう高度な専門性を持つ人に頼むと、政治家は別としても、結構な費用がかかったりするものだ。だが、他の人には頼めないから仕方がない。

社長の権堂誠は、特段、誰にも真似できない専門性を持ち合わせているような男では全くない。だが、困っている人を見ると、どうしても助けたくなるようなところがある。困り事を解決してあげると、その人は喜んでくれる。喜んでくれると気分がいい。御礼をされることもある。だが、御礼を期待して助けてあげているわけではない。とはいっても、御礼は無いよりもあった方がそれはいい。

二

発端は、『困った人の相談に乗って差し上げる』ことを事業として始めたい、この会社を立ち上げる元となったのはそういった精神だった。設立から、既に十年が経過していて、今では社員数も九人になっている。

『トラブラドバイス株式会社』これが設立した会社の屋号だ。

困り事（トラブル）の相談に乗る（アドバイス）ことが事業のコンセプトであることから、権堂自身が考えた『トラブル』と『アドバイス』を連結した造語が『トラブラドバイス』だ。それをそのまま社名にして登記した。

そんな権堂の特性については、まだ若い頃、旅行会社に勤務していた当時の仕事ぶりを知ることで、少し人とは違った彼のタイプをイメージすることができる。

権堂は、当時バスツアーの企画運営会社に勤務していた。主に関東・甲信地方の観光地を周遊するツアーを組み、幅広い顧客層に向けた商品を販売していた。

権堂は添乗員として、バスツアーのお客さまを予定されたルートでご案内し、ご満足いただけることがとても嬉しかった。人を喜ばせることに、何より生きがいを感じるのだった。

だが、権堂には少し問題もあった。

お客さまに喜んでもらうために、計画以外のメニューを勝手に追加したり、お客さまが退屈そうだと、パンフレットに記載されている立ち寄り先に行くのを止めてしまったりするのだ。

ツアーが終わると、大半のお客さまは喜んでくれるのだが、会社に送られてくるアンケートを所長が見て、こっぴどく怒られたことが何度もある。

「丸一日、本当に楽しいツアーでした。ありがとうございました！」

というのが多いが、

「慌ただしくて、ワイナリーでゆっくり出来なかったのが残念でした」

なんていうのもある。

所長は、そのツアーのスケジュール表をチェックして、ワイナリーでは二時間とってあるのにヘンだと気付く。

似たようなことが続いたので、提携会社のドライバーに裏を取られ、滞在時間は二十分だったことがバレた。

そういうことがよくあって、そんな時、権堂は毎回、

「以後、気を付けます！」

と言うのだが、同僚や先輩たちは、

「どうせまたやるだろうな」

と言って、ニヤけている。

権堂の勝手な行動の問題点はわかってはいるものの、ドライバー含めて、周囲の人間からは、お客さまを喜ばせることばかり考えて行動する彼の性格は、好意的に受け止められていたのである。

年配のお客さまが多い日のツアーでは、ワイナリーに二時間もいるより、見晴らしのいい景色や、名物のほうとうや話題の自家製和菓子の方が好まれる。だから権堂は、参加者のメンバー構成を見て、勝手にスケジュールをアレンジしてしまうのだった。

ツアー中は、参加者の興味が湧くような小話を行程の随所に盛り込んでいて、そのネタを探すことが、権堂のライフワークのようなものになっていた。考えた小話を披露することは、権堂にとってお客さまの反応を試す機会であり、それは楽しみのひとつでもあった。

型にはまったお決まりの観光案内に加え、権堂が独自に入手してきた情報を盛り込む。その地域の住民なら誰でも知っている、古来伝わる真偽不明な伝説もあれば、地域の猟師から聞いたイノシシ捕獲の格闘劇と鍋料理になるまでの調理法など、市販のガイドブックには到底載っていないようなことを、独特の語り口で話すのだ。

お客さまの反応が良かった小話は、その後のツアーでも鉄板ネタとして使い、その日の客層に応じてアレンジできる、多彩な引き出しを持っていた。

日常生活の中で日頃から地域の情報収集に努力し、そのかいあって、お客さまは毎回とても喜んでくれる。権堂が添乗するツアーは大変人気があった。

権堂は、ワイナリーでゆっくり過ごせなかったご夫妻のお客さまには、別のベテラン添乗員が担当する新企画の案内をしてお見送りした。その企画なら、ワイナリーでの時間もたっぷり楽しめる。そういった細やかなフォローも決して忘れないのだ。

ご夫妻には、権堂が案内した企画を目当てに、再度この会社のツアーに参加していただいて、大変ご満足いただけたのだという。

「目当てのワイナリーでは、広大なブドウ畑を見学し、今年の新酒もいただけて大満足でした」との、嬉しいアンケートを頂戴した。

所長は、上機嫌でそのツアーを担当したベテラン添乗員を褒めた。それが、以前権堂が案内したことがあるリピーターからのアンケートだということには、全く気付いていない。先輩や同僚社員は、みんな気付いている。だから、権堂をみんなが認めているのだ。

権堂のスタンドプレーは、結果的には会社のブランド価値向上と売上アップに貢献していたことになるのだが、それがわかっているのは所長ではなく仲間の社員だ。

上司の部下に対する評価というのは、どんな業界でも評価基準やルールがあるのだろう。一次評価者と二次評価者がいたりする。上司が、表面的な成果や、自分の指示に対する従順さばかりを重視して、部下の仕事の本質を掴めずにいると、正しい評価が出来なかったり、部下の成長を阻害してしまうようなことがある。

もちろん、しっかりした会社であれば、部下の働きをつぶさに見て、正当な評価ができる上司が大半なのだろう。

一方、上司に対して子犬のようにクンクンと媚びを売ってくるような社員を重用すれば、その上司の眼は部下達から節穴と捉えられ、上司自身の評価は低くなるはずなのだが、そうはならないような会社もありそうだ。

社員の仕事の質と量を正しく把握し評価できるのは、もしかしたら上司ではなく、職場の同僚なのかも知れない。チームの一員として真面目に仕事に取り組む働き方を最も身近で見ているのは、職場の同僚だろう。この手の話も、居酒屋ではよく耳にする上司批判の根底にある、部下が不満を持つ要素のひとつとなっているような気もする。


権堂の、そういった若い頃からの人とは少し違った行動は、上司の指導や叱責で改善するということはなく、歳を重ねる毎に、益々酷さを増していった。

結局のところ、権堂は、他人の言うことを殆ど聞かないのだ。常に他人に対して、いたずらにファイティングポーズをとるような挑発的なタイプではなく、相手が上司だろうが、取引先だろうが、自分の思うとおりに行動しているだけのことで、そこに悪気は全くない。

そして、上司から言われたやり方ではなく、自身の感性の赴くままのやり方で物事を進めるだけなのだ。別に上司のやり方を否定しているわけではない。二つのやり方を比べて、自身のやり方を選択しているものでもない。それらを比較することさえ、そもそも権堂の眼中には無いだけのことだった。

人には、色々なタイプがいて、自分と同じタイプの人が考えていることが何となくわかったり、行動が予測できたりすることがある。だが、権堂のようなタイプの人間は、あまり多くはないはずで、理解してくれる人ばかりではない。その特性は、才能というものではなく、ただの個性であり、ましてや専門性というものでは全くない。

だが、権堂の殆どの行動は、『誰か』の為のことであり、その想いが人よりも極端に強い。目的を成し遂げた暁には、その『誰か』が喜んで褒めてもくれる。それが権堂の原動力なのだ。

その『誰か』が、仮に会社や上司であれば、それは優秀な社員と言えるのかも知れない。しかし、権堂にとっての『誰か』が、少なくとも会社であることはなかった。法人格である会社とはただの箱のようなものであり、会社は喜んだりしないし褒めてもくれない。権堂にとっての『誰か』は、上司や会社ではなく別のものだ。権堂が見ているのは常に自然人だ。感情があり、気持ちに左右されたりする、生身の人間こそが、権堂が見ている相手だった。

そうやって、社会で生きてきた権堂は、自分なら、何か困っている人を助ける方法を、その人の為に、誰よりも一生懸命考えてあげられて、解決できたら喜んでもらえる。そして、報酬も貰える。そんな事業を始めることができるのではないかと思ったのだ。

三

トラブラドバイス株式会社では、設立から既に十年間の紆余曲折を経て、小さいながらも組織や社員の役割分担、依頼から実行までのモデルも変遷を遂げ確立されていた。

依頼人からの受注を獲得してくる営業部隊が一名。

依頼事項を解決するための必要情報を収集してくる調査部隊が一名。

社外の専門家などへの取り次ぎをアレンジするネットワーク部隊が一名。

依頼事項を自社で解決するために行動する実践部隊が二名。

総務・人事・経理・システム・広報などのアドミ部隊が二名。

特殊業務を中心とした社長直轄の特命要員として一名の役員。

権堂社長は、これら八人の役職員を精鋭で固めるべく、自身の人脈も駆使して、社員の採用活動には自ら直接タッチしてきた。


社是の第一は『親身になってお客さまの困り事を解決する』であり、会社の設立主旨からして、どのような依頼にも対応することを目指している。犯罪への加担など違法行為や、公序良俗に反することでなければ、依頼を断ることはない。だが、それは口で言うほど容易なことではなかった。


社是の第二は『簡単にあきらめない』であり、依頼を断ることはもちろんできないし、『それはできません』とか『それは非常に難しい』という言葉を、権堂は最も嫌う。

新しい仕事が来ると、各部隊からメンバーが集まって、社長も入った企画会議が開かれ、方針やスケジュールに沿った具体的な進め方を決めることとなる。会議参加者は、どんなに困難な依頼であっても『それは無理』という言葉を口にすることは決してない。それは権堂が許さないことをみんな知っているからだ。

『無理』という言葉は、権堂を鬼の形相に変える。新入社員が、うっかり『無理かも』と呟いて、権堂が鬼になったことは、社内の伝説となっていた。だが、難しい顔をするところまでは権堂も許してくれる。ただし、口に出してしまうと完全にアウトなのだ。

だから、依頼事項の解決に向けて着手することは絶対的なものであり、避けて通ることはできない。ただ例外的にその難題解決に向けた業務をしなくて済むのは、依頼者からの中止や取り下げの意思表示があった時、そして、依頼人の悪意があったことにより、社長の権堂が鬼と化し、伝家の宝刀を抜く場合だけに限られるのである。

依頼は、主に電話かホームページを経由したメールで入ってくる。あとは、提携先からの紹介というルートもある。依頼が来ると、即座に社員全員に依頼内容が社内システムで共有される。

最初にやるべきことは、その依頼を自社で引き受けるか、提携先に紹介するかの選別となる。民事紛争に関わるようなことは、紹介出し案件として提携先の弁護士に紹介する。健康関連の課題については、提携先の医師に紹介する。税理士、金融機関、保険会社、探偵、造園、建築、介護、葬儀屋、不動産業など、そういった世の中に別の専門家がいるような課題は、優良な専門家が対応する方が依頼者の要求に応えられるから、本来のターゲットではない。誰に相談したらいいのかもわからないような課題が、トラブラドバイス社のターゲットなのだ。

提携先は、ネットワーク部隊が常に開拓を続けていて、案件を紹介出ししたり、逆に紹介受けをしたりといった、相互に案件をやり取りする関係が構築されている。提携先とは信頼関係が大切で、過去の実績の積み重ねで培われてきたものだ。ただ、案件のやり取りは、トラブラドバイス社からの紹介出しが大半で、提携先からの紹介受けの案件は少ない。

設定している紹介料などはほんの僅かなもので、紹介した提携先から入金されるが、依頼者が負担する料金に上乗せして利益をとろうというような発想はそもそもなく、依頼を絶対に断らないための提携であるとも言えた。

最近は、同業者のような会社が少しずつ増えてきてはいたが、トラブラドバイス社の存在は徐々に関連する業界内で認知され始めていた。誰もが手を付けたがらないような些細な依頼の引き受けと成果が、同社の特徴となっていて、人助けと謳いながらも儲けを重視して、商業主義に走るような会社とは少し異なっていた。

世の中に多く存在する困り事の中でも、ニッチなニーズに対応できるところが、トラブラドバイス社の強みとも言えた。

そのような経営方針であることから社長の権堂は、この事業が、たとえ僅かでも世の中の困り事で悩んでいる人達の役に立てばいいと考えているわけで、ビジネスを拡大し、大きな利益をあげたいといった野心的な考えは持っていなかった。利益処分については、多額な設備投資が必要な業種でもなく、全てを従業員への報酬に還元するようにしていた。しかし、事業を拡大していくことが、その従業員への報酬額を引き上げることに繋がるわけで、そういう意味では、一定の規模と利益を無視するわけにはいかないとも考えていた。権堂の『誰か』の為に行動し、『誰か』に喜んでもらいたいという、その『誰か』の中には、自身が経営する会社の従業員とその家族も当然含まれるのだ。

四

その日は、朝から受け付けた依頼のほとんどが、自社で直接は引き受けず提携先へ紹介する、紹介出しの案件と、紹介出しにも該当しない無償案件だった。

無償案件とは、社内で定義されている報酬や手数料をいただかない案件を言う。無償案件には二種類あって、いただいた電話での会話だけで解決してしまう即決案件と、しかるべき社外の窓口を教えて差し上げることで解決する教示案件がある。

権堂は、無償案件への対応を決して軽んじてはならないことを常々社員に言っていた。日常生活の中では、世の中のさまざまな業種の窓口とのやりとりが生じることがあるが、対応する窓口の人には、感じの良い人と感じの悪い人がいることを誰しも経験する。

会社やお店でお客さまに対応する従業員らは、社内で研修や指導を受けて、訓練されているものだろうが、お客さまには、あらゆる年齢層の色々なタイプの方がいて、説明に対する理解力もさまざまだ。

ましてや、対応したことに対する報酬を得られないような仕事を、それが重要だと思えるまでには経験も必要であるし、研修で教わった机上の理屈は理解していても、実際に感じの良い対応が習慣化できている人は数少ないのかも知れない。

直球はマニュアル通りに打ち返せても、変化球や剛速球には対応できなかったりする。高齢のお客さまに多い、超スローボールへの対応なども、忍耐が必要でなかなか難しいものだ。人間だから、その日の繁忙度、体調、気分などが顧客対応に影響してしまいそうにはなるが、そういったことに左右されないのがプロの仕事だろう。

社員達は経験を積むことで、それら無償案件に対しても、とても好感度の高い対応をしてくれていた。繁忙時間帯には所属部隊に関係なく、全員がそれぞれの応対スキルを発揮して手際よく分担して対応している。

そんな中で、自社で対応する自社案件が舞い込んできた。

「初めてお電話しました。庭の雑草を何とかしたいのですが、私たちも歳で、毎日暑いし、息子たちは遠方にいて頼めないし。もう今年は諦めてそのままにしておこうかと困っていたんですよ。そんなことでもお願いできますでしょうか？」

「もちろんです！　喜んで！」

電話を取った営業部隊の藤本憲一は、元気よくそう言って、お客さまから詳しい庭の状態などを聴き取った。

これは紹介出し案件には該当せず、トラブラドバイス社では夏場に多い種類のよくある依頼だ。庭の草むしりは、夏季の売り上げの二割程度を占める、お困りのお客さまが非常に多い依頼のひとつだ。高齢のお客さまからのオーダーが多い。早速日程を決めて、実践部隊の二名がご自宅に出向くことになった。現場は都内の住宅街で、広さから見積もると午前中二時間程度で作業は済む。

庭木の剪定などは、造園業者に頼めるが、庭の草むしりだけだと、引き受けてくれるところはなかなかない。何処かそういうことを頼めるところはないかと思った時に、役に立つのがトラブラドバイス社のような何でも屋だ。そんなことから、庭の草むしりの依頼は、そこそこ件数があるのだ。

この手の作業に出向く際には、真っ赤なツナギに、トラブラドバイスの社名と背中に可愛い大きなヒツジのイラストが入った作業着を着用する。たとえ汗だくになろうが、これがとても重要なのだ。依頼人の自宅近くに社名をペイントしたワゴン車を目立つように停める。

近所の人は、作業着とワゴン車のペイントを見て、草むしりをしてくれる業者がいるのを目にすることになる。ワゴン車のフロント部分には、『草むしり作業中』の大きなボードと、トラブラドバイス社の広告チラシを箱に入れて束でぶら下げておく。そうすると、大抵道行く住人が手に取ってくれたりするのだ。通園・通学で通る幼い子供達が、家に帰って『ヒツジさんが居た』なんて言ってくれているかも知れない。地域で話題になってくれたりすると、それはとても有難いことだ。

実際、草むしりの依頼に限らず、一度依頼を受けたお客さまのご近所の方から、別の依頼が入ってくることも多かった。また、この種の依頼は季節ごとに集中するのだが、毎年依頼してくれるお客さまがほとんどで、いわば固定客となりやすい面があった。そのポイントは、料金だけではなく、仕上がりと好感度だと権堂は言っていた。あくまで、誠意をもってお客さまの困り事を解決して差し上げるのが社是だ。

依頼された仕事が済むと、お邪魔でない限り、実践部隊は少しお客さまとお話ししてくることも多い。庭に放置された重たい物を移動したり、無償でお手伝いできる簡単なことを探すようにしていた。お客さまからついでに頼まれる簡単なことに耳を傾けることは、別のお客さまへの付加サービスやあらたな依頼事項発掘のヒントになったりもするのだ。

門扉の接合部分に潤滑油を吹きかけてやると、軋む音がしなくなったりする。ちょっとしたことだが、門扉は毎日開閉するものだから、油が切れてまた軋む音がし始めるとトラブラドバイス社のことを思い出してくれると思う。だから帰り際には、ご挨拶とともに必ず門扉に油を差して帰ることになっていた。そういった付加サービスも、現地に赴いた実戦部隊から共有された報告コメントがきっかけで、ルール化されたものだった。

社名入りのワゴン車の両側面には、『55号車』と大きくペイントしてある。トラブラドバイス社の車は二台しかないが、手広く展開している印象に繋がると考えてのことだった。営業部隊は、そうやって常に集客の工夫に知恵を絞っているのだ。

五

トラブラドバイス社で一番若い社員は、アドミ部隊にいる栗田七海だった。女子大を卒業し、新卒で証券会社のコールセンターの仕事をしていたが、何となくやりがいに欠ける気がしていたと言い、在籍中にトラブラドバイス社の中途採用に応募してきたのだ。

コールセンターでは、一定期間の教育を受けた後、オペレーターとしてブースに着台し、お客さまからの問い合わせや相談の電話を受けていた。チームは問い合わせ内容別に、主に三つのグループに分かれていて、取引銘柄や運用商品など、投資に関する専門的な質問には、熟練したベテランが対応するチーム編成になっていた。

それらとは違い、Ｗｅｂ取引での操作方法や、会員向けサービスについての質問に対応するチームには、比較的経験の浅いオペレーターが所属し、栗田七海もそのチームで毎日多くの電話に対応していたという。

社内にはシステム上に対応マニュアルがあり、それは頻繁に改訂される。入電の内容は、さまざまだが、お客さまからのご指摘やご意見を常時分析し、それらご要望や苦言などを精査して、常に最善の対応にブラッシュアップしていくためだ。全国五カ所で分散対応する、各コールセンターが、一定の基準や品質で均質に対応するためには、詳細なマニュアルやトークスクリプトが欠かせなかった。

栗田七海は、お客さま対応が非常に上手く、フリーダイヤル利用者からのアンケートでの評価も高かった。お客さまとの電話越しでの会話から、感性を駆使して、ストレスを与えずに、その方のお困り事の核心のところまで一気に辿り着くのが上手かった。

だが、七海の対応には少し問題もあった。

コールセンターでは、親切丁寧な顧客対応による好感度維持と同時に、コスト管理も重視される。一本の入電に対する対応時間はＡＨＴと呼ばれ、これを短くすることが全体のコスト削減に直結するから、厳しく管理されている。

七海のＡＨＴは、社員の平均値よりかなり長い。だから、時間当たりの対応本数は、平均的な社員が三本なのに、七海は二本だ。一方、七海が対応したお客さまからの評価アンケートの結果は抜群に高い。

毎月の上司との面談では、長いＡＨＴを必ず指摘され指導を受ける。七海の会話をモニターしているスーパーバイザーによると、その要因は明らかだという。

一つ目は、システム操作で、お客さまが今困っていることのみを解決するだけに留まらず、そのお客さまの理解力まで考慮した上で、可能な限り大元の部分を理解してもらうような説明まで踏み込んでしまうことだ。

二つ目は、マニュアルに書かれていないようなことまで、手取り足取り親切に説明してしまうことだという。決して対応にもたついて時間がかかっている訳ではないのだ。

コスト管理に厳しい上司から、改善するよう指導されると、

「以後、気を付けます！」

と言うのだが、入社以来、自身のスタイルが変わることは、ほぼなかった。

確かに、一本の電話は長いが、七海が対応したお客さまは、その場しのぎの解決策のみならず、システムの構成や仕組みについて、ある程度理解できた方が多い。データがある訳ではなかったが、再度のお尋ねで入電することは稀だと思われた。だとすると、あながちコスト面で会社に貢献できていないとは言えないだろう。

マニュアル以外の対応をしたり、既にお客さまが理解していると感じ取った部分は、決められたトークを省略したりするが、周囲の同僚からすると、七海の相手に応じた臨機応変で的確な対応は、真似ができないハイレベルなものだと受け取られていた。

まだ二十七歳だが、何事にも思い入れが強いところがあって、お客さまに喜んでいただけることが何より嬉しいのだという。そんな訳で、困っている人達の役に立つことを標榜する、トラブラドバイス社の事業に強い興味を持ち面接に来たのだ。

面接に同席した社員は、

「あの子、見た目は可愛らしいし、腹が据わっていて、根性もありそうな感じですが、恐らく、結構変わってますよ」と言った。

社長の権堂は、そんな栗田七海の性格を気に入り採用を決めた。権堂の人を見る目はほとんどが直感で、理屈ではない相性のようなものを信じているところがあった。相性というのは、なかなか言葉では説明できないような要素で出来上がっているものだろう。

面接時にはまだ在籍中だった当時の会社の上司に、しっかり退職の意向について伝えていなかったことから、強い引き留めにあったようだが、その上司もあまりに熱い七海の想いに圧倒されて、退職願いを受理したとのことだった。

入社して暫く経つと、栗田七海の仕事ぶりはなかなかのもので、コミュニケーション能力も高く、直ぐに職場に馴染み、みんなに可愛がられていた。

先輩社員達は、

「権堂社長の直感は、また当たっていたみたいだな」

と言って、デキる社員の入社を喜んでいた。

「しかし、七海の性格は、権堂社長と似てるよなぁ。女版権堂誠って感じだ」

そんな社員の冗談を耳にした権堂は、

「女版権堂なんて百年早い！」

と言って笑ったが、実は権堂も、若い頃の自分と、少し似ているようなところがあると感じていた。


栗田七海は、いつしか、電話を受ける時に、

「トラバイスの栗田です」と、社名を略して出るようになっていた。

同僚の間でも、

「トラブラドバイスって何か舌を噛みそうで言いにくいですよね」

という声があるのは事実だが、これは権堂が会社を創業する時に、自身で考案した社名であり、権堂の想いが詰まったものだった。

お客さまや新しい提携先から社名の由来を聞かれると、いつも嬉しそうに、設立当時の

熱い想いとともに、この造語の出来栄えを自慢するほどだった。

そんな訳で、たとえベテラン社員でさえ、社長に対して社名が言いにくいなどとは、とても言えることではなかった。

七海は、そんな諸先輩達が内心に秘めていても、社長への配慮からとても言い出せない、いわば社内のタブーとも言える一線を、いとも簡単に軽々と飛び越えてしまうのだ。

それに気付いた権堂社長は、

「七海！　社名はちゃんと名乗れ！」

と言う。

そうすると、七海は、

「はい！　以後気を付けます！」

と言うのだが、同僚達は、

「そのうちまた、トラバイスに戻るだろうなぁ」

と言って、薄笑いを浮かべている。

七海は、天真爛漫な性格で、周囲からは無邪気で何も考えていないようにみられるのだが、彼女の直感と洞察力は鋭く、権堂が本気で怒ってブチ切れる直前の、ギリギリのところを突くのが上手かった。

そして、案の定、暫くすると、元に戻って大きな声で『トラバイス』と略して電話に出ているのだ。

そういうことが続くと、権堂も段々と煩く言わなくなった。権堂は、そんな七海を見ていて、若い頃の自分を思い出していた。社員だけでなく、お客さまも言いにくく、覚えにくい社名を使うのは、あらためるべきかも知れない。若い七海から教えられた気がしていた。

七海は、権堂の抵抗が弱まったと感じ取ると、矢継ぎ早に最終手段に出た。ホームページの内容を修正し、社名の下に、『通称トラバイス』と入れてしまったのだ。

もう、権堂に勝ち目はなかった。それから後は、社内外で、『トラバイス』という名称を使うことになった。登記上の名称はトラブラドバイスから変更することはなかったが、それは権堂の意地のようなものだったのかも知れない。

だが、権堂は、そういう表面的な物事に固執することを良しとせず、また、つまらない社長のプライドのようなものも忌み嫌うようなところがあった。

会社は、年齢や役職に関係なく、社長も含めた全員が、平等に、本音で議論できるような場所であるべきだと考えていた。

権堂は若い頃とは違い、会社の経営を始めたころから、他人の話も聴くことに努めるようになっていた。社員からの意見や発想、お客さまの声に耳を傾ける、傾聴の姿勢を大切にすることが、ビジネスを拡げる上でも有効なことだと感じていた。

「お電話ありがとうございます！　トラバイスの栗田です！」

今日も、そんな七海の元気な声が、職場に響き渡っていた。

六

明日の企画会議では、共有された今回の新規依頼について、課題解決のための議論が行われることになっていた。営業部隊から藤本憲一が、調査部隊から沢村亨が参加する予定だった。社長の権堂はもちろん同席して、この課題の解決方法を検討することになる。

依頼は、メールで送られて来ていて、社員全員に概要が共有されていたが、この手の依頼は初めてであり、誰もが、なかなか難しい課題だと感じていた。だが、公序良俗に反したり違法性があるものでもないから、社内で定義する禁止案件にも該当しないし、紹介出し案件にも該当しないことから、自社案件として対応すべき事案だということは全員が認識していた。そして、依頼人の不安や、家族の想いが伝わってきて、何とか解決して差し上げたいという気持ちが湧き上がっていた。これこそが、トラバイス社が対応すべき些細なお困り事のひとつだろうと全員が思った。

依頼の翌日、営業部隊の藤本が、依頼人である石塚宅を訪問し、詳細な事情を確認してきていた。企画会議では、藤本が得てきた情報をベースに議論される。

依頼人は、本人の母親だった。本人は二十八歳の青年で、今年の四月から、新宿にある有名な大手設計事務所に中途採用が決まったらしい。理系の大学を卒業して、自宅近くの会社までマイカーで通勤していたが、転職後、新宿まで通うとなると電車通勤となる。平日早朝の小田急線は立錐の余地もない超満員で、健常な者でも立っているのは辛い。

本人には、腰の持病があり、長時間立っていると突然激痛で動けなくなるというのだ。座っている分には全く痛みはないので、マイカー通勤なら問題ないが、入所する事務所ではそれを認めていないとのことだ。本人が大学在学中から強く希望していた事務所への入所が叶ったのだが、マイカー通勤が認められないと知らされて以降、入所を諦めるしかないと覚悟しているそうだ。だが、両親は何とかしてやりたいと思っている。

両親は、世田谷の成城学園前駅から直ぐの自宅兼店舗で、長年喫茶店をやっていて、本人と両親、それに妹の四人家族だった。

石塚一家は、特に貧しい家庭ではなかったが、長男本人の通勤のために、毎日送り迎えするわけにもいかないし、毎日車をチャーターできるほど裕福でもなかった。

自宅に設置している、腰の障害を緩和する機材を毎日朝晩使用することから、新宿の事務所の傍に部屋を借りて、そこから通うこともできない。

そんな事情から、妹の発案で、毎日の通勤電車に、座れる座席を確保してくれることを頼める人がいないのか探していたというのだ。いわば、『席取り代行』の依頼だった。

営業部隊の藤本は、対面した石塚鉄平にさわやかな印象を持った。母親は、上品な感じの山の手の奥様という印象だった。特に過保護な母親といった感じはなかったが、長男の将来の希望を叶えるために、親としてできることはしてやりたいとの母心を感じた。

石塚鉄平は、もういい歳なのに、自分の我儘で両親に迷惑をかけるわけにはいかないと言っているが、こういうことを我儘とは言わないだろうと藤本は感じていた。今こそ、トラバイスの出番だろう。そう思った。

企画会議当日、最初に藤本が、依頼人から聴取した詳細な事情を説明した。いつものように、まずは依頼人の属性から話を始めた。社長の権堂は、依頼人の人となりをしっかり確認することは基本だと言う。ひととおりの事情を聴くに、これは善良な依頼人から届いたお困り事であることが理解できた。

最初は、シンプルに『席取り代行』という課題について、通常考えられる解決パターンについて議論した。ただ権堂は、依頼人が実現を希望する最終形だけに拘らないよう注意喚起することが多かった。このケースでは、電車内に座れる席を確保するというのが、希望する最終形といえるが、そもそもそれを望む大元の理由の部分についてしっかりと掘り下げ、望む最終形以外の代替案がないかを、充分検討することを権堂は求めた。

毎日、決まった時間に成城学園前から、会社のある新宿まで、座ったままの状態で移動できさえすれば、大元の困り事は解決するのだ。

小田急の成城学園前駅から新宿へ向かう、朝の時刻表と停車駅一覧が、プロジェクターで投影された。各駅停車だと、約三十分の乗車時間となる。指定席が予約できる特急ロマンスカーは成城学園前駅には停まらないから使えない。成城学園前始発の電車などはなかった。朝の通勤時間帯には、常に満員の状態でホームに入ってくる電車に、空席などはあり得ない。

代替案が見つからないことから、この時点でやっと『席取り代行』を実現するための、次の方法論の議論へと移っていった。

「そうすると、座席が確保できる始発駅から誰か社員が座って乗ってきて、成城学園前駅で石塚鉄平さんに席を譲る方法はありますが」

調査部隊の沢村亨がそう言った。恐らく、石塚一家が想定している解決策は、それだろうとみんなが思った。

「毎朝のことだから、そこに一人社員を張り付けるとなると、ちょっとねぇ」

ネットワーク部隊の太田治郎が言った。決して『無理』とは言わない。それを言うと、権堂が鬼になるからだ。

「それだと、コストがかかりすぎるね。社員以外の人を頼む手はあるのかなぁ？」

太田は続けてそう問いかけた。

朝の時間帯で、ただ代わりに座っているだけの仕事とはいえ、早起きの老人とか、暇な学生などに頼むにしても、石塚から貰う報酬で吸収するのは限界がある。身代わり要員の乗車賃もかかるから、それもコストに乗ってくる。

「ところで、小田急線の始発駅ってどこなんだ？」

権堂がそう問いかけた。

沿線に居住歴がある、沢村が答えた。

「成城学園前駅を通る小田急線は、三路線あります。小田原線は小田原から。江ノ島線は片瀬江ノ島から。どちらも遠いですね。多摩線は唐木田からです」

「だとすると、新宿まで一番近い始発駅は、多摩線の唐木田駅か」

小田急多摩線の路線図が投影された。始発の唐木田から成城学園前駅までの運賃は、片道でも二百八十円かかる。

急行だと、始発の唐木田から、成城学園前までは六駅で三十分弱だ。成城学園前から新宿までは三駅だ。七時四十四分唐木田始発で、八時十一分成城学園前着の電車がターゲットとなることがわかった。これだと九時始業の事務所への通勤にはベストだ。

「入所して通勤が始まるのは四月からだから、まだ二カ月近くはある。とにかく何とか解決策を絞りだそう」

権堂はそう言った。その場で解決策が見つからなくても、社員の英知を結集すれば、何か新しい方法が思い付くはずだと思っていた。そうやって、数えきれない課題を解決してきた実績が、トラバイス社員の誇りでもあった。

「とにかく、沢村は直ぐに動き出してくれ。みんなは、今から七十二時間以内に、対策を考えて、プランを聞かせてくれ」

権堂のいつもの一言で、企画会議は終了した。権堂が社員に対して指示を出すときには、『三日以内に』とは言わず、『七十二時間以内に』と必ず時間で迫ってくる。社員らはすっかりそれには慣れていて、鍛え抜かれた行動のスピードと鋭い思考は、年々目を見張るほどに進化していた。正に、権堂が目指す精鋭部隊だった。

七

翌日、調査部隊の沢村亨は、朝から小田急線の唐木田駅に来ていた。以前、同じ小田急沿線の新百合ヶ丘に住んでいたことがあったが、唐木田に来るのは初めてだった。

始発駅でもあり、駅の周りは、閑静な住宅街といった雰囲気のベッドタウンだった。近くに私立の付属高校や女子大などがあり、通学の生徒達が多数目についた。ホームへ急ぐ勤め人の姿も多く、大半が都心へ向かう通勤客だろうと思った。唐木田からの乗客は、新百合ヶ丘で乗り換えれば、新宿方面とは逆の、小田原方面や江ノ島方面など、神奈川方面へ下り電車で向かうこともできる。

郊外の始発駅らしく、唐木田駅ホームに整列して電車を待つ乗客の列は、各車両で二十人程度で、それほど多くはない。長いホームに停車している十両編成の急行新宿行は、発車する頃でも半数程度は空席で、座席を確保することは容易だった。沢村は、この八時十一分に成城学園前駅に着く、ターゲット車両に乗り込んで調査を開始した。解決策の元となるヒントは、大抵現場にあるものだ。

沢村は、座席に座って車窓を流れる景色に眼をやりながら、藤本から聴いた依頼人の息子である石塚鉄平の人物像を思い返していた。車内を見渡すと、通勤と思われる多様な年齢層の勤め人や制服姿の学生が多い。

途中、唐木田駅から二つ目の小田急永山駅に着く頃には、座席は全て埋まっていた。四つ目の新百合ヶ丘に着くと、座っていた乗客の何人かが下車して、替わりになだれ込んで来た乗客が、空いた座席を奪い合う、まさに椅子取りゲーム状態になっていた。優先席だろうがお構いなしだ。通勤や通学の人達にとっては、座って行けるか行けないかで、疲労度が全く違うのだろう。それはわかるが、少し見苦しい感じもした。

石塚鉄平は、身体的な事情で座席を求めているのだが、松葉杖でも使っていればまだしも、見た目は元気な青年にしか見えないから、優先席で席を譲ってもらえることなど期待できない。そもそも優先席に堂々と座っている若者さえ目につく始末だ。日本はいつからそんな冷たい国になったのだろうか。

沢村は、このターゲット車両の停車駅での乗降の様子など、気が付いたことを記録していた。八時十一分になり、成城学園前駅に予定時刻ぴったりで到着した。小田急に限らないと思うが、日本の鉄道の時間遵守には驚くばかりだ。


成城学園前駅のホームに降り立った。結構な人数の乗客が降りて、並んで待っていた乗客が乗り込んだ。駅の長い地下ホームいっぱいに停車している十両の車両をチェックし、車両によっては、かなり人の流れが違うことを感じた。終点の新宿到着時に、西口改札から一番近い十号車のあたりは人が多く、逆にこの上り電車の最後尾にあたる新宿駅西口改札から遠い一号車のあたりは、かなり乗降客が少ない。

沢村は、再度ターゲット車両の号車とその位置について、唐木田駅と新宿駅を対比して整理した。唐木田発で新宿駅に向かう上り電車は、先頭車両が十号車で、十号車が新宿駅西口改札に最も近い。最後尾車両である一号車は、新宿駅西口改札からは最も遠いが、唐木田駅の改札には最も近い。そして、成城学園前駅の改札は、ホーム中央付近にある。

これらを総合し、沢村は、ある仮説を組み立てていた。毎日決まってターゲット車両に乗っている乗客の中で、唐木田駅から座って乗って、成城学園前駅で降りている人が、恐らくいるのではないか。そしてその人は、成城学園前駅の改札に近い、中程の号車に座って乗っている乗客の中にいるのではないか。その人を見つけて接触することができれば、さらにその人と、成城学園前駅から乗ってくる石塚鉄平に、席を譲ってもらう契約を交わすことができれば、依頼人からの困り事を解決できるのではないか。そう考えた。

その仮説が正しいとしたら、トラバイスの従業員やアルバイトなど雇わなくても、謝礼程度で協力が得られる可能性がある。金儲けではなく、人助けであることが、その協力者にも理解されるのではないか。そう思った。

一次調査を終えた沢村は社に戻り、並行して進めている複数の別件で、役員の馬場弘之と、営業部隊の藤本憲一とともに、昼食をとりながらの打ち合わせをしていた。

その中で、昨晩ホームページ経由であった新規の依頼について、藤本から念のための確認があった。案件は、新規に開業するラーメン店の開店日の集客についての依頼だった。

当日の朝から三十人程度の客を装った人達を手配して店頭に並ばせて欲しいとの内容だった。本来なら、ラーメン屋を開業するのであれば味で勝負すべきであり、うまければ評判が評判を呼んで、ネットや口コミでファンは増えていくわけで、小手先の集客などしたところで、うまくなければ二度と来店は見込めないだろう。

ラーメン店は乱立しており、決して甘くはない。王道で生き残ってこそ、長いあいだ愛される人気店となれるのだ。これは、トラバイス社が標榜する、困り事を解決するという設立主旨とは合わない依頼ではある。

この手の似たような依頼は年に数回来るが、いわゆる『サクラ行為』であり、詐欺に該当する可能性が高い。よって、本件は社内で定義されている禁止案件にあたる。

藤本が断りの対応をすることになったが、こういった事案を持ち込んでくる依頼人の中には、良からぬ輩も紛れ込んでいることがある。断りは、慎重かつ毅然と対応する必要があり、もしもトラブルに発展した場合は、役員の馬場が対応することになっていた。

また、悪意を持った依頼者もいて、その中には同業者と思われる者からの嫌がらせと疑われるようなケースもある。どのような商売でも、この手の厄介事へのディフェンスが必要なのだろう。本件では、馬場の出番がないことを祈りたかった。

トラバイス社には、常時三十件前後のさまざまな仕掛中の依頼案件があり、忙しいのだが、社員はみんな優秀で、優先順位付けと役割分担を効果的に実践し、てきぱきと多くの仕事を捌いていた。

翌日の朝、沢村は再び唐木田駅に行き、今度は席を譲ってくれる協力者を探す作業に着手することにしていた。権堂から指示されたプランの一次報告期限まで、まだ四十時間はある。できるだけ、プランを前に進めておきたいと考えていた。

仮説に基づき、改札口からターゲット車両が停まっているホーム中程まで歩いて、五号車に乗った。そして、乗っている乗客らの特徴などをメモした。発車後、隣の六号車に移動して、こちらの乗客もチェックした。混みあった成城学園前駅ホームでの乗降で、メモした人物が降りるかどうかを見極めないといけない。今日のチャンスは一度だけだ。

間もなく、成城学園前駅に到着する。沢村は少し緊張した。席を立ってドアの傍まで行き、素早く先に降車して、メモした人物が降りたかどうか、ホーム上で見極め、その人と接触して協力を依頼する行動にまでチャレンジしなければならない。こんなことになるのなら、誰かもうひとり応援を連れてくれば良かったと思った。

五号車と六号車から降車した乗客の内、唐木田から乗ってきたことを確認済みのメモした人物は、二人だけだった。その他の降りてきた人物は、途中駅から乗ってきて座れなかった乗客であり、降りてこなかったメモした人物は、その先も座って乗ったまま新宿方面へ向かったということになる。

その二名のターゲットの内の一人は、大きなキャスターバッグを引っ張っていて、もう一人は、ＯＬ風の若い女性だった。キャスターバッグの方は、毎日通勤でターゲット車両に乗っているのではなさそうだと思った。どちらかというとＯＬ風の女性の方が、協力者候補だが、ちょっと若い女性にアプローチするのは気を付けた方がいいと思った。風貌だけ記憶して、今日は遣り過ごすべきだと判断した。

ホームを見渡すと、結構な人数の乗客が、中央付近にある改札階へ続くエスカレーター方向に向かっていた。五号車と六号車だけをマークしたのが間違いだったと思った。改札に向かう数十人の乗客は、ターゲット車両から降車した人達に違いないだろう。ただ、唐木田駅から乗って座ってきた人物でなければ、協力者にはなり得ないのだ。

すると、制服姿の子供を連れた親子が、後方車両の方向からエスカレーターに向かって歩いて来た。幼稚園児を連れた母親のようだったが、さっき、唐木田駅のホームで見かけたような気がしたのだ。あるいは、今朝ではなく、見たのは昨日の朝だったか。だが、確信はなかった。ここまでの状態で調査を保留し、社に戻った。明日の企画会議で今後の進め方を議論すべく、今日までの進捗を社内システムで共有した。

残務整理をしていると、実践部隊の坂井真一郎と栗田七海が、ホワイトボードの前で議論しながら、難しい顔をしていた。

「なあ、二人ともそろそろ止めて飯でも食べて帰らないか」

沢村が誘うと、七海の方が、

「喜んで！」と言って、早々に帰り支度を始めた。

沢村と坂井と七海の三人は、トラバイス社の社員がよく行く大衆食堂に寄って、サクッと食べて帰ることになった。ランチタイムにもよく来る店で、メニューは見なくても注文できるぐらいの常連客だ。

「明日の企画会議に出す、席取り代行の件、沢村さん流石ですよね。共有ファイル見ましたよ。他人に席取り代行させちゃうって発想がいいですよ」

坂井がそう言うと、

「沢村さんが気になったという、唐木田で見たかも知れない幼稚園児連れの親子。アレ、私も気になりますねぇ」

七海は、レモンサワーを一口飲んでから、上目遣いで天井を向く、いつもの表情でそう言った。七海が勘を働かせて発言する時には、必ずその顔をする。で、その勘がまたよく当たるのだ。

「そうなんだ。ただ、よくよく考えてみると、その親子を見かけたかも知れないのは、前日の調査の時のような気もするんだ。それも、唐木田駅ではなく、成城学園前駅で見たのかも知れないという気もしてきた。それほど当てにならない記憶ってことだ」

「ＯＬ風の若い人ですけど、その人は唐木田から座って乗って、成城学園前駅で降りたってことがわかったのなら、まずは、その女性にアタックするのでしょうね」

坂井は、わかりきったことだが、話を進めるためにそう言った。

沢村は、

「まぁ、そういうことになるね」

と言う。早朝からの現地踏査で沢村自身がせっかく掴んだ、見込み協力者の情報なのだが、沢村の表情は、どうも何か気が乗らないような感じに見えた。

社外で食事をしながらとはいえ、三人の会話には、社内の企画会議でもよく感じる独特な雰囲気が漂っていた。トラバイス社の企画会議には、こういった七海の表情や、沢村の微妙な反応など、言葉だけではわからない社員それぞれの研ぎ澄まされた感性による無言の思考の応酬がある。仮に会議の議論に、参加者の発言ベースでの議事録があったとしても、記録された文字ではわからないものが、いつも必ず何かある。そういったものを感じ取った上で、考え抜き、セオリーに拘らず、発想も変え、活路を見出すことを、社員全員が自然と繰り返し訓練されているようなところがあった。そして、そういう感覚を権堂社長は重視してきた。

七海は、

「そのＯＬとの接触も兼ねて、私も沢村さんと一緒に、一度唐木田駅に行ってみたいなぁ」そう言った。

沢村が、ＯＬとの接触を控えたのは、勤務先に向かう朝の慌ただしいあの状況で、自身が接触するよりも、警戒感を消せる七海が動く方が、いい結果に繋がる気がしたからだった。その沢村の思考を七海は感覚的に既に理解していて、それを沢村も感じ取っていた。

八

権堂社長から指示された七十二時間が経過し、朝から企画会議が開催された。別の案件の進捗報告と方針について検討された後、最後に『席取り代行』の本件が議論された。

共有ファイルの報告内容に加えて、沢村から補足情報が報告された。ファイルでの共有内容は、シンプルにポイントだけが記載されている。ただ、普通なら枝葉末節のこととして埋もれてしまいそうなことでも、報告者の感性で特に解決の鍵に繋がりそうな事柄だと感じたことは、しっかりと盛り込むように指示されていた。

権堂は、報告の手間は極力省き、会議の準備などに時間をかけることは止めるよう日頃から社員に話していた。大切なのは、行動の質と量と、思考の深さだという。

議論の序盤に、権堂が言った。

「七海が沢村と一度現場に行ってこい。で、四十八時間後に議論再開としよう」

こうして、席取り代行のテーマについての議論は、ほんの数分で済んだ。

実践部隊の坂井は、七海はやはり女版権堂誠だと思った。恐らく、権堂と七海の感性は近いのではないかと思う。会議で七海は、夕べ食堂で話していた、自分が同行したいということを一切口にしてはいなかった。だが権堂は、女性との接触が必要となるかも知れない現段階では、七海の同行が有効だと思ったのだ。二人の、いや沢村含めた三人が考えていることは同じなのだと坂井は思った。

権堂は、まだ情報が足りないと感じたのだろう。再度調査を続けることで、あらたな突破口が見つかる予感があるのだろうと沢村は思った。そういう権堂の判断はいつも素早い。情報が不十分な中での無駄な議論をすることを避けたいのだ。自分もそう感じていた。


会議が終わり、沢村が営業部隊の藤本に話しかけようとしたら、

「沢村さん、一緒に、成城学園前に行きましょうか？」

と藤本の方から言ってきた。

藤本は、調査部隊の沢村を、一度依頼人のところへ連れて行くべきではないかと思っていたのだ。沢村の考えを先回りして既にそう言葉に出していた。依頼人と本人である石塚鉄平と会っているのは、藤本だけだった。

「直ぐに、石塚さんにアポイント入れますね。七海も連れて行くでしょ？」

沢村は、七海も同行させたいと考えていた。それも藤本は感じていた。こんな具合で、社員全員が、それぞれ相互に考えていることを感覚的に理解し合っているのだった。

そのように、社員同士の思考回路が高いレベルで似通っていることは、共有ファイルに記載された内容を、行間にあるニュアンスを含めて素早く正確に理解したり、会議の議論

でも短時間で密度の濃い意見交換ができるベースとなっていた。

もちろん、全員が入社当時からそうであった訳ではない。個人のセンスといったものが影響している部分もある。だが、権堂社長以下、先輩社員が作り上げてきた社内風土のようなものが、社員を成長させてきたのだ。

さまざまな局面で深い思考を元にした議論を繰り返し訓練してきたことで、全員が、ほぼ同じレベルのリズム感で、コミュニケーションできる組織に進化してきた。

だから、招集される会議の頻度は高いが、開催時間はいつも短い。長い会議を権堂はとても嫌う。

新入社員に権堂は、

「昔々あるところにおじいさんとおばあさんがいて、おじいさんは山に芝刈りに行き、おばあさんは川に洗濯に行き……」といった説明は要らないとの、たとえ話をいつも最初にする。

「桃から桃太郎が生まれた」

それを最初に言えと言う。

常に会議は、アイドリング無しで始まり、いきなりトップギアで議論に入るのが、トラバイス・スタイルだった。

翌日、沢村は七海とともに再度早朝の唐木田駅にいた。ターゲット車両である、七時四十四分発急行新宿行の十両編成が、ホームに停まっている。例のＯＬは、五号車か六号車のあたりに既に乗り込んで座っているはずだった。

例の女性は、今日もターゲット車両の六号車に乗っていた。脚を組んでスマホを眺めていた。沢村は七海に、彼女を見つけたことを知らせようとしたが、七海は停車している長い車両を歩き回っていて、なかなか戻って来ない。

発車する数分前になり、七海は戻って来て沢村を見つけると手招きをしてきた。一号車と三号車に、幼稚園児を連れた親子がいるので、先日見た親子かどうか確認してくれという。そして自分は、沢村がそっと指差した、例のＯＬの隣に造作もなく自然に座った。

沢村は、三号車を通って一号車まで移動し、それが先日見た親子であることを確信した。女の子が斜め掛けしている黄色いカバンには、確かに見覚えがある。やはり、あの日親子を見たのは唐木田駅だったのだ。だとすると、この親子は、成城学園前駅で間違いなく降りるはずだ。沢村は、親子の向かい側の席に座った。まだ空いている車内では、親子の話す会話もよく聞こえた。

「ウケルヨリアタエルホウガサイワイデアル」

子供は、そんな言葉を繰り返し発しながら、母親からよく覚えましたねぇと頭を撫でながら褒められると、何度も同じことを言う。そうすると母親がまた褒める。だからまた繰り返す。

「受けるより、与える方が、幸いである」

これは確か、聖書の一節だ。女の子は恐らく、ミッション系の私立幼稚園に通っているのだろうと思った。そしてその幼稚園は、成城学園前にあるのだろう。毎日、母親が幼稚園まで送り迎えしているのだ。そう思った。

ターゲット車両は、今日も定刻通りに成城学園前駅に到着した。沢村は、親子の後からホームに降り立った。ホーム中央の方に眼をやると、七海が例のOLとお互いにこやかに手を振りながら別れている。それにしても、七海のコミュニケーション能力には本当に舌を巻く。まさか、協力者としての依頼まで、既に取り付けてしまったのだろうか。

沢村と七海は合流し、改札から出ていく親子の後を、二人で付いて行った。親子は、駅前ロータリーに停まっている幼稚園バスの方へ歩いて行く。『エンゼル幼稚園』と書いてあった。バスの前には、子供を送って来た母親がその場に留まって立ち話していたり、発車前に見送って立ち去る母親なども いた。

見込み協力者である唐木田の母親は、子供をバスに乗せると、他の母親たちに笑顔で挨拶しながら駅の方へ戻ってくるところだった。

七海が近づいて行き、母親に話しかけ、何やら会話を交わしている。母親は、ちらっと時計を見た後、頷いて、二人で沢村の方へ向かって歩いてきた。

「同じ会社の者で、沢村といいます」

そう言って、七海は母親に沢村を紹介した。

母親は、特に怪訝な顔をすることもなく会釈していた。しかし、こんな状況で、いったいどうやったら母親の警戒感を解けるのか、沢村は七海の並外れたコミュニケーション能力に、ただただ感心するばかりであった。

三人は、ロータリーから直ぐ近くにある、喫茶店『琥珀』に向かっていた。依頼人の石塚がやっている店だ。昨日、営業部隊の藤本と一緒に、沢村も七海も初めて来てから、今日で二度目だった。

母親は、娘のお迎えにきた帰りに、ママ友たちとたまにこの『琥珀』に寄って帰るが、パンケーキが美味しくて有名なのだと言う。

沢村は、七海がどのようにして母親の警戒感を解けたのか、少しだけわかったような気がしていた。

九

三人は、『琥珀』の店内に入り、ボックス席に座った。トラバイスに本件を依頼してきたマスターの奥さんが、にこやかな顔をして水とおしぼりを持ってきた。

「あら、奥様、この方達とお知り合いなの？」

三人の顔を見比べるようにして、『琥珀』の奥さんは言った。

どうも唐木田駅から乗車してきた西村親子、母親の真奈美は常連客で、琥珀の奥さんとは顔なじみのようであり、沢村は驚いた。

七海の方は、元々奥さんを『琥珀』に連れてきて、石塚鉄平と会わせる算段だったのだが、奥さんがよく『琥珀』に来ると聞き、これは絶対に流れが来ていると感じ、既に次の段取りの方に意識を向けていた。

七海は、西村真奈美に向かって、丁寧に事情を話し始めた。トラバイスの簡単な事業概要に加え、『琥珀』の長男が腰の障害を持っていて、新宿までの座席の確保が必要なこと、西村に辿り着いた経緯などを順を追って話していった。

傍で聞いていた『琥珀』の奥さんは、トラバイスのプランと行動力に感心していた。よくそんなことができたものだと言っていた。マスターも会話に参加しようとやってきた。

「これはサービスなので、皆さんでどうぞ」

と言い、パンケーキの皿とメイプルシロップを三つテーブルに置いた。

「母さん、鉄平を呼んでおいで」と言い、マスターは西村と本人を対面させた。


石塚鉄平が腰に持病を持っている事情を聞き、西村は快く協力してくれることになったが、報酬などは要らないという。元々、西村一家はクリスチャンの家系であり、困った人を助けることは当然であり、無償であるべきだという。有難いことではあるが、そうなってくると、ちょっと面倒なことになる。トラバイス社は事業会社だから、無償という訳にはいかない。コストがかからないということになると、石塚一家から報酬を貰いにくくなる。沢村はそう思った。

二階から鉄平が店に下りて来た。さわやかな印象の青年だ。西村真奈美の協力を得て、新宿までの座席が確保できることになったと聞き、鉄平は念願の新しい仕事に就くのを諦めずに済むことをとても喜び、西村に心から感謝していた。西村も、鉄平に好印象を持ち、役に立てれば嬉しいと言った。

話を聞いていると、鉄平の妹も、西村の娘と同じ『エンゼル幼稚園』の卒園生らしい。世の中は、さまざまな縁で繋がっているものだと沢村は思った。

あとの細かい段取りや料金設定などについては、トラバイス社内で協議して、後日連絡することになった。連絡先を交換し、三人は店を出た。

駅で西村真奈美を見送った後、沢村と七海は、社に戻る車内で、今後の進め方について話していた。沢村は、例のOL風の若い女性のことが気になっていた。七海がすっかり打ち解けていたのも不思議で、どんな話をしたのか尋ねた。

するとと七海は、

「それがね。聞いて下さいよ。あの女性、信用金庫に勤めているOLなんですけど、私が席取り代行の件を話し出したら、もうノリノリで！」

「で、なんだって？」

「船山さんって私と同じ歳で、今の仕事を辞めて転職を考えているらしいんですけど、トラバイスの仕事が面白そうだから、今度会社訪問に是非来たいって言うんですよ」

「そうなのか。それで、席取り代行の方は引き受けてくれそうなのか？」

「喜んで！　ですって」


こうして、席取り代行を実現するプランは概ね形となり、あとは細部を詰めて次回の企画会議で権堂社長の承認を得るところまで持ってくることができた。

社に戻り、沢村と七海は、アドミ担当の照井敦を呼んで、石塚鉄平と西村真奈美との情報連携方法や、手数料決済方法などについての打ち合わせに移っていた。

石塚鉄平のための座席を確保するという課題だったが、成り行きで、西村親子と船山からの了解が取り付けられたことから、三席確保できたことになる。西村親子は無償で良いと言い、船山には謝礼を支払うとしても、余った座席をどうするか。

システムを担当する照井敦は、毎日確保する座席の場所は、トラバイスを経由して、双方とのチャットで連携するべきだと言う。

子供が熱でも出して通園できない時のバックアップとして、船山をキープしたらどうかとも言った。席は入口から近いところを確保し、あまり固定しない方が、他の乗客から割り込まれるのを回避できるだろうとの意見もくれた。システムで連携させることで、トラバイス社が手数料をいただくことの納得感も得られそうだ。手数料のやり取りも、毎月や毎週など、まとめることはせず、電子決済で日々完結させることにした。

確かに、今でもターゲット車両の乗客で、西村親子が成城学園前駅で降りることがわかっていて、降りた後の席を狙っている乗客がいるかも知れない。無用なトラブルは避けるべきだろう。その日に確保できた座席の号車と席の位置は、鉄平だけが知っている状態が好ましい。チャットでの連携なら、西村親子がお休みの日は、簡単に船山の席を指定することもできる。

これで、プランは完成したと思われたが、沢村が別のことを言い出した。せっかく、三席確保できたのだから、空いた席を別の収益に繋げられないかと言う。困り事の相談に乗り、それを解決するのが第一だが、売上が増えれば、それに越したことはない。

権堂社長はいつも、複数の課題をまとめて解決するような知恵を絞れと言い、とことん考え抜き、アイデアが出尽くして、もう何も案が出なくなるところまで、深く思考しろとも言うのだ。社員は全員、その社内風土に慣れているので、沢村の言うことは理にかなっていた。

ということで、空いた座席への対応は、会議での議論に委ねることとして、一旦検討は終わり、明日の企画会議に臨むこととなった。

十

権堂社長から指示された四十八時間後に、予定通り会議が再開された。参加者はもちろんのこと、全ての社員が、各案件の追加情報を既に共有ファイルで確認している。トラバイス社内では、全ての未解決事案の進捗状況を、社員全員が把握することを求められている。

これから、会社がもっと大きくなり、案件の数も社員数もさらに多くなってくると、それは難しくなるかも知れないが、全ての案件の着手から解決までの道のりと、その過程に散りばめられている社員の知恵と思考の深さを、それぞれの胸に刻み付けることが、社員と組織の成長に繋がるのだと権堂は常々言っている。

今回、初めてのタイプの依頼であった『席取り代行』は、既に解決の目途がたった。会議の冒頭に、知恵を出し行動してきた沢村亨や栗田七海のことを権堂は褒めた。

権堂は、滅多に社員を褒めないという訳ではないが、何でもかんでも褒めたりはしない。そして、叱ることももちろんあるが、褒めることと叱ることの独特のタイミングが、社員には深く刺さり、成長やヤル気に繋がっているようなところがあった。

褒めるべき時に褒める。叱るべき時に叱る。褒めてはいけない時には褒めない。叱ってはいけない時には叱らない。

この四つの基本を権堂は社員育成のポイントだと考えているのだ。

世の中の経営者や上司には、この四つの基本の逆のことをやっている人もいる気がする。それは、ビジネスの世界に限らず、子に接する親の態度にも当てはまるのかも知れない。褒めるべき時に褒めない。叱るべき時に叱らない。褒めてはいけない時に褒める。叱ってはいけない時に叱る。そういう親がいたら、それは少し考え直した方がいいと権堂は思う。

沢村が、

「依頼人の石塚さんの長男が腰の障害を持っていて、その鉄平さんを救うために考えたプランではあるのですが、ご覧の通り座席が二つ余ったので、その運用についてご意見をいただけますか」そう口火を切った。

アドミ部隊でシステムも担当する照井が、手数料設定にあたり、コスト計算なども踏まえると、残りの二席は別の利用者に回して、収益獲得に繋げたいと言った。

実践部隊の坂井が、

「石塚鉄平さんの権利は確保した上でなら、そうすべきかと」と言った。

「当社システムを経由して、毎日手配と決済を完結させる方式にすれば、座席が余った日は、別の誰かに回す。幼稚園が休みの日には、船山さんの座席を鉄平さんに回すという流れにしたらと思います」と照井が応えた。

役員の馬場が、

「そうすると、別の誰かには、毎日の座席確保は確約できないけど、使えた日には、その日の手数料を決済する。使えない日は諦めてもらうが手数料は発生しない。そういうことだな」と言うと、権堂も頷いている。

その方法であれば、平時は三席分の手数料が獲得できる。問題は、手数料を支払ってでも成城学園前駅から新宿まで座って行きたい人がいて、しかもそれは決まった時刻のターゲット車両に限られるという条件に合う人をどうやって探すのかだった。

すると、栗田七海が、

「鉄平さんなら、探せると思います！」と言った。

成城学園前駅で、西村親子が席を立つと、その空いた席には石塚鉄平が座る。しかし娘の席には、別の誰かが必ず座る。その人がターゲットだと七海は言いたかったのだ。

そして、西村親子が始発の唐木田から座って乗ってくる号車と座席は毎日変える。だから、空いた席に座る人は毎日変わる。その中で、善良そうな年配者で、見込み客になりそうな人を探せばいい。座った誰かは、新宿まで鉄平の隣に座っている。その時間を使って石塚鉄平に、トラバイスの『席取り代行サービス』の売り込みを頼めばいいのだ。

収益面での議論中心になっていたところで、釘を刺すように権堂が言った。

「それで、石塚鉄平さんの帰りの電車はどうするんだ？」

あくまで、お困り事を解決するのが社是だ。

沢村は、既に帰りの座席についても調べていた。帰りは新宿駅始発なので、急行だと並ぶ必要があるが、各駅停車であれば容易に席は確保でき、座って帰れると説明した。

会議の最後に、七海から、信用金庫に勤めていて唐木田在住のＯＬである船山聖奈のことが共有された。社長の権堂は、連れて来るなら、一度会ってみてもいいと言った。

こうして、プランは固まった。権堂社長の承認も無事に取れて、新しい収益源がまたひとつ追加された。

十一

実践部隊の山下雅信と坂井真一郎は、杉並区の阿佐ヶ谷警察署に向かっていた。草むしりの依頼人宅での作業を済ませた帰りであり、真っ赤なツナギを着用していて、背中には大きなヒツジの可愛いイラストが入っている。車から降りて、そのまま警察署に入っていくのは、少し恥ずかしい感じの格好だ。

今日の現場は、杉並区北部の西武線沿線にある下井草の住宅だった。そのあたりは大きな家が多く、どこも庭のある一軒家で、道路の道幅も広い。町内にはトラバイス社のお得意様が五軒あり、毎年この時期に依頼を受けて、草むしりの作業に来ていた山下と坂井には、勝手知ったる街だった。

今回は、その下井草の町内に住む堀内という人から、草むしりとは別の、ある依頼が入ったのだ。お得意様の近所の方から、トラバイス社に別の相談を受けるパターンはよくあって、やはり地域住民の繋がりというのは、都内でもあるようだった。

堀内から、最初に電話で依頼を受けたのは、営業部隊の藤本だった。内容は、最近杉並区内でも増加しているという『オレオレ詐欺』に関することだった。

「トラバイスの藤本です」

「町内の方から、御社のご紹介があったのでお電話しました。オレオレ詐欺の対策のことで、ご相談があるのですが」

藤本は、この手の依頼は、社内区分では無償案件の部類で、しかるべき窓口を教えて差し上げる教示案件に該当するだろうと思った。犯罪行為に関係するようなことは、警察の領域であり、民間のトラバイス社がタッチすべきことではない。

堀内は続けて、

「実は、私の母親が、弟夫婦と同居しているのですが、二人とも仕事で日中はいないので、母は一人になるんです。母は高齢ですが元気で、ボケなど全くありませんが、基本は性善説で、昔からなかなか断るのが下手というか、ちょっとお人好しのところもあります。先日も知らない人からの電話に出て、聞かれた家族のことなどを、少し話してしまったようなのですよ。それが、詐欺師からの電話だったのかどうかはわかりませんが、彼らは巧妙に情報を喋らせるでしょうから心配です」と言う。

母親を守りたい想いは、よく伝わってくるのだが、やはり本件は、教示案件だろうと藤本は思った。しかるべき相談先は警察だろう。

「それはご心配ですよね。最近は年配の方を狙った詐欺が増えているようですし。それで、私どもに依頼されたいことは、どのようなことでしょうか？」

それなら、警察にご相談するべきですという言葉を呑み込んで、藤本は堀内の話に丁寧に耳を傾けた。

「私や、弟夫妻から、何度も注意するよう言って聞かせているんですが、一度、怖い目にでも遭わないと、真剣に考えてくれないのではないかと思い、偽の詐欺電話を架けたりして注意喚起してもらうようなことはお願いできませんか？」

藤本は、堀内の大胆な依頼に少し驚きながらも、そこまで考えている堀内家の困り事を、この場で教示案件として、いわば切り捨ててしまっていいのか迷った。

「ご事情はわかりました。社内で少し検討してご連絡いたします。お電話いただきありがとうございました！」と言って、電話を切った。

確かに、警察に相談して、偽の詐欺電話を架けてくれとは言えないのはわかる。

企画会議で協議したところ、権堂社長がいつも言っているとおり、依頼人が望む最終形だけに拘ってはいけない点が再確認された。このケースでの最終形は、母親に詐欺への耐性をつけさせるために、詐欺の演技を用いて訓練するということだ。だが、大元の困り事は、母親が詐欺に引っかかることの予防だ。それを実現するための手法は、偽の詐欺電話を架けて耐性をつけさせること以外にもあるはずだ。

結局、本件は教示案件として対応することとしたが、堀内家の管轄警察署に行って、参考情報を収集し、堀内氏に教示することになった。無償案件に対しても雑な取り扱いをしてはいけないという点は、権堂社長からの厳命であり、社員全員が理解していた。

ということで、無償案件ではあるが、作業の帰りに、実践部隊の二人が阿佐ヶ谷警察署の防犯課に寄ることになったのだ。


山下と坂井が警察署の正面に車を停めて入口に向かうと、長い棒を持って立っている警備の警察官がこちらを見ている。出入りする人達が二人の格好をじろじろ見ている視線を感じながら建物の中に入って行った。

なにせ、大きなヒッツジのイラストが描かれた真っ赤なツナギを着た二人組なのだから、どうしたって目立つ。そもそも目立つように作られたものだから無理もない。

だが、不審とも見られそうな異様に目立つこの二人組の姿は、別の意味で警官の注意を引いたのだろう。

署内に入ってからも、警官や来訪者からの強い視線を感じていると、母親に連れられた小さな女の子が二人を見て、

「ママ、ヒツジさんがいるー」

と大きな声で言ってくれたので、二人は女の子に笑い返すと、場の雰囲気が少し和やか

になり、二人の照れくささを薄めてくれた。

真っ赤なツナギの二人組は、警官からは少し警戒されても、子供達からはいつだって愛されるのだ。


受付で相談すると、防犯課の窓口に案内され、担当者が話を聴いてくれた。区内の住人からあった相談について簡単に説明し、その住人へのアドバイスに役立つ情報をもらいに来たことを話した。

「いろんな商売があるものですね」

と言って、窓口の担当者は笑っていた。

こちらは大真面目で、それが仕事なのだ。しかし住民を詐欺から守ることは、警察の仕事である。大切な防犯活動のひとつでもあるのだ。担当者は、詐欺師に騙されない為の注意喚起を目的に作られた小冊子を持ってきてくれた。

山下は、今回の依頼人に渡す以外に、高齢者からのさまざまな依頼で個人宅を訪問する機会も多いことから、余分に何冊か欲しいと頼むと、快く応じてくれた。

担当者は、偽の詐欺電話で耐性を付けさせるといった方法はあまり効果的ではないし、感心しないと言った。警察の防犯抑止対策本部という組織から、民間業者への業務委託により、過去に詐欺で逮捕した犯人らから押収した名簿に名前があった人に対して、個別に注意喚起の電話を架けるような活動もしているのだという。

家の固定電話を、発信者の電話番号がディスプレイ表示されるタイプのものにして、知らない番号からの電話には出ないことが効果的だとも言った。そういうことからすると、防犯抑止対策本部から架かってくる注意喚起の電話に出てしまう人こそ、知らない番号の電話に出てしまう人だから、そういった活動には効果があるのだろうと思う。堀内さんの母親には、まず電話機を換えてもらうのがいいだろう。そう思った。

最近では、ディスプレイ表示以外にもさまざまな防犯機能を備えた電話機が市販されているとのことだ。トラバイス社のような、多様な困り事に対応する会社もあれば、モノづくりの面で、社会の課題解決に貢献すべく知恵を絞っているメーカーの努力もあるわけだ。

阿佐ヶ谷警察で得た情報を持ち帰り、トラバイス社内で共有し、依頼人に対して情報提供することで、本件は完結とした。今回は教示案件に分類される無償案件だったが、たとえ報酬をいただかなくても依頼人の役に立つ支援ができた時には、さらに満足感が得られる。世の中の為になったことを実感するのだ。

権堂社長は、

「世の中の為にならない会社は、必ず衰退するものだ」

と日頃からよく言う。

トラバイス社の社員にとって、社会に貢献する仕事をしているのだという意識が、やりがいの元でもあり、誇りでもあった。

十二

この日、社長の権堂とネットワーク部隊の太田次郎は、提携弁護士事務所の先生らとゴルフ場に来ていた。安田弁護士とは、トラバイス社設立以来のお付き合いだが、先生が訴訟案件の証拠収集などで、仕事を依頼している探偵社の社長を紹介してくれるということで、今日のラウンドとなった。

ネットワーク部隊の太田にとって、トラバイス社が請け負うさまざまな依頼のうち、自社で対応できないが、依頼を断らないために紹介出しする案件を受けてくれる提携先を、常に確保するのが大切な仕事だった。

あらたな提携先を開拓するには、権堂社長の人脈によるケースも多かったが、紹介者を辿って太田自身が自力で開拓した先もあった。探偵社のように、人やモノを探したり、張り込みや聞き込みなど、あくまで合法的なやり方で、依頼案件に対応できる人との提携は、何かと役に立つ。

探偵社は多く存在するが、中には非合法なやり方で、高額の費用を請求してくる業者もあるようだから、信頼できる人でないと困る。そんなわけで、安田弁護士とは旧知の仲である探偵社の梅森社長を紹介してもらうことになったのだ。

梅森は警察ＯＢで、刑事畑を歩いてきた人だが、義理の弟と一緒に梅森探偵社を設立して営業している。各方面に顔が広く、さまざまな情報を入手してくることから、安田の信頼を得ているのだという。

権堂は、依頼人の属性をしっかり確認することを常に求める。依頼人と直接面談して、人物をよく確認することもそうだが、提携先の審査については、それ以上に見る目は厳しかった。依頼人からの困り事を自社で引き受けられない場合、信頼できる提携先に責任をもって繋ぐことが必要であり、決して丸投げすることはしない。提携先での対応の進捗や、結果の共有もしっかりと実施し、全ての紹介出し案件も、データとして記録を残していた。

権堂は、ゴルフで一緒にラウンドすると、その人の人となりがわかるのだという。そういう意味でも、権堂と安田はお互いの人柄をわかり合っていて、気が合う間柄だった。

二人は、ゴルフの腕前もいい勝負で、毎回勝ち負けを競いながらも、いつも楽しそうに、同伴者から見ていて気持ちのいいラウンドをする。

クラブの他のメンバーや、支配人はじめ従業員の人達とのやりとりを見ていると、梅森の社交的な性格や、周囲の人達との関係構築がとても上手な印象をもった。キャディーとの雑談でも、梅森の人柄の良さがよくわかった。


今日は、梅森のメンバー倶楽部で、なかなかタフなコースだった。三番ホールは、打ち下ろしで池越えの、右ドッグレッグのパー5だ。セカンドショットを打ち終えて、安田と権堂は池の手前のいい位置に付けている。太田は林に打ち込み、梅森も珍しく二打目を少し打ち損じ、三打目でグリーンを狙うには、正面の大きな木がスタイミーになる位置だ。

安田は、

「梅ちゃん、そこからだと少し難儀だねぇ」と言って笑っている。

それに対して梅森は、

「やっちゃいました。ここからだと狙うのは無理だなぁ」と笑いながら言っている。仮にミスをしても、それがゴルフというものだ。失敗をくよくよ考えたり、カリカリしたり、ましてや周囲に八つ当たりするようなことは、紳士・淑女のスポーツとはいえない。

梅森は、平常心でミスを受け入れた上で、リカバリーに挑戦するか、ここは諦めて安全に行くか、思案すること自体を楽しんでいるように見えた。

メンバーの梅森はもちろん、安田もこのコースでは何度も一緒にラウンドしていて、各ホールの狙いどころや、避けるべき位置を熟知しているのだ。

太田は、打ち込んだ林から出すのが精一杯だったが、権堂は、安田と梅森のやりとりを傍で楽しそうに聞いている。

梅森は、キャディーにやや大き目の番手のクラブを要求した。それを聞いていた安田は、
「おっ、チャレンジする気だね」
と言って、梅森のショットの意図を理解した。

正面には高い木があり、大きく木を避けて左に打つと、グリーン左の深いガードバンカーにつかまる。グリーンは手前から奥に傾斜する砲台で、距離感がとても難しくオーバーし易い。木に当ててしまうと、当たり方によっては、池まで転がってしまう。さらに左に引っ掛けてしまうと池に直行という状況だ。だから、普通なら安全に池の手前にもう

一打刻んでおくべきだろうが、梅森は果敢に狙っていくようだ。

権堂も、梅森の素振りと視線を見ながら狙いの意図を理解し、大き目のクラブでフェースを開いて、高い木の上の左端あたりからフェードでグリーンを狙う気だろうと思いつつ、ボールの行方を凝視していた。

ショットは、高い位置で木の左側を見事に避け、グリーン方向に軽くフェードして、グリーン奥に切られたピンから三メートルほど手前の好位置に着弾し、ゆっくりとカップに寄っていって止まった。

「ナイスオン！」スーパーショットを見ていた三人が、同時に声を出した。

同伴者のショットの思惑を理解した上で、難易度の高いショットの成功を称賛するのも、されるのも、ゴルフ好きにはたまらない魅力のひとつといえた。

三人に比べると、若くて飛距離は出るが、腕前はかなり劣る太田は、難コースに四苦八苦しながらも、気遣いのある、なかなかいい接待ゴルフをしていて、梅森社長からも好印象を持たれたようだった。

権堂は、ゴルフに限らず酒席でも、従業員を客先に連れて行くときには、マナーや立ち居振る舞いにも煩く、お渡しする手土産にも拘った。手土産は、高価なものであればいいというわけではない。逆にあまり高価なものは避けるように言われていた。相手方の喜びそうなものを考えろとも言った。饅頭を食べたい人とシュークリームを食べたい人がいる。でもいつもそうとは限らない。その時、饅頭を食べたい人には、高価なシュークリームより、安価な饅頭の方がいいのだ。と、言ったりする。それはなかなか難しいことだが、相手の立場で考えることの大切さを教えようとしていることが理解できた。権堂は、社員を成長させるために、そういうことを現場で体で覚えさせようとするのだ。

四人は、風呂から上がってきて、レストランで談笑していた。権堂と梅森社長は、すっかり打ち解けているようだった。

安田弁護士は、権堂との信頼関係に疑いはなかったが、自身が紹介受けした案件を解決するにあたり、梅森に調査を依頼するようなことがあり、梅森探偵社は、いわゆる再委託先にあたる。安田弁護士が再委託する先が、確かな人物だということをあらためて示す意味でも、直接紹介しようとしたのだという意図を太田は感じ取った。権堂自身も、そういった安田弁護士の意思を理解していて、二人の信頼関係は盤石であった。

トップ同士の信頼関係があると、太田は安心して今後も紹介出し案件について相談できる。次回は、桜の季節に、安田弁護士のホームコースでご一緒することを約束して、権堂と太田は、玄関で二人をお見送りした。

十三

トラバイス社で、あらたな仕事を受けるケースは、一般顧客からのメールや電話での依頼が大半で、一部に提携先からの紹介受けなどがある。トラバイス社の方から、お困りだろうと思われるお客さまを探して受注するような、いわゆる一般企業でいうところの積極的な営業活動のようなことはあまりしていなかった。

それは、社長の権堂のスタイルのようなもので、頼まれてもいないことにこちらから首を突っ込むようなお節介は、あまり好まないのだ。そういうやり方は、とかく商業主義とみられがちだから、権堂はそれを嫌うのだという。

従業員からしてみると、依頼された事案を解決していく上で、恐らく同じ問題でお困りの方は他にもいるだろうと感じることが多いから、そういう方を探してきて、こちらからアプローチするのでも良さそうな気がしていた。

だが権堂は、お困りの方が、トラバイス社に助けを求めてきたことに対して、それに応えようと全社で知恵を絞って汗をかき、誠意をもって取り組むような、『頼まれたからには一肌脱ぐ』といった形での、顧客との出会い方を好むようなところがあった。

今回の案件は、それら通常のルートとは異なり、役員の馬場弘之が持ち込んできた案件だった。昔勤めていた会社の先輩から、馬場宛てに個別に相談があり、珍しいパターンでの依頼だが、困っている人の方からのアプローチであることに変わりはなく、依頼人の素性もわかっているから属性にも問題はない。

その渡辺先輩は、昔から馬場が公私ともに大変お世話になっている人だった。もう随分前に第一線を退き、今では杉並区で奥さんと年金暮らしをしている。

先輩には、一人息子の真也が居て、真也の息子は省吾という。省吾が先輩の孫で、東京の大学に在籍しているらしい。

渡辺省吾は、交換留学制度を利用して、二年生の今年から、中国遼寧省の大学に通っていたが、そこで知り合った中国人学生が、逆に日本への留学を希望しているといい、留学先である東京の大学に通えるホームステイ先を探しているとのことだった。

孫の渡辺省吾と親しくしているというその学生は、張静という女子大生で、遼寧省の農村部出身だが、大連にある大学に合格し、田舎から出てきて大学の寮で生活しながら、日本語の勉強をしているという。

成績優秀で審査に通り、九月から二年間、日本の大学に留学できることになったとのことだった。語学以外にも日本の文化や習慣などを学ぶには、やはり日本で生活することが、一番の近道だと、省吾もアドバイスしたらしい。

だが、元々貧しい農村部出身である張静は、公的な支援では賄えない多額の費用を、何とか工面しなくてはならなかった。出費は極力切り詰める必要があった。大連に出てきて以降のアルバイトで得た蓄えはあったが、決して充分ではなかった。

それを補うために、日本に来て以降も、アルバイトをしながら大学に通うつもりだった。大学からのアドバイスにより、法務省に資格外活動許可を申請し、入国後のアルバイトも正式に認められていた。

しかし、特に二年間の住まいを確保するための費用は大きかった。大学がある東京の住

宅事情は、邦人・外国人にかかわらず厳しいものだった。その話を聞いた省吾が、父親に相談したところ、

「うちで預かるのは無理だが、高円寺の親父の家なら、空いている部屋を使わせてもらえるかも知れない。学校に通うにも遠くないしな」

と言ってくれた。高円寺の祖父母の家なら、確かに便利で有難いと思った。

省吾自身は、まだ大連での交換留学の期間を残しているので、張静を一人で日本に送ることになるが、張静自身は、信頼する省吾の祖父母の家にお世話になれるのなら安心だから、是非お願いしたいと言っていた。


杉並区高円寺の自宅に夫婦で住んでいる省吾の祖父母は、息子の真也から聞いたこの話を受けて、孫の省吾からの頼みなら協力すると言ってきた。

祖父は、幼い頃から省吾を溺愛していたし、祖母は昔から好奇心旺盛で、人の世話をすることが好きな質である。外国人のお嬢さんを預かって面倒をみてやり、日本の文化を知ってもらうということに、楽しそうな話だから是非やってみたいと言うのだった。

祖父の方は、少し不安もあったのだが、祖母も希望しているし、老後の楽しみのひとつだと思えば、引き受けてもいいいと思った。

このような事情で、高円寺の自宅で張静を受け入れるために、必要な準備をしなくてはならなくなったが、なにせ古い家だし、使っていない部屋には物が溢れて納戸のようになっている。張静が使える部屋にするには、綺麗に片付けて、部屋の模様替えもしなくてはならないという。

若い娘さんを預かるのに、必要なモノも揃えてやりたい。省吾の顔を潰すようなことにならないようにしなければと、特に祖母が張り切っているという。

そんな訳で、何でも屋に勤めていると聞いていた、昔の後輩である役員の馬場に、部屋の模様替えの相談があったということだった。

渡辺夫妻は、自分達だけでは、机ひとつ運べないし、家具の移動や始末したいものの処分なども必要だから、どうにもならない。

家の整理にもいい機会だと思うから、そこそこ費用が掛かったとしても、全て馬場に頼みたいのだという。

企画会議に先立って、馬場は調査部隊の沢村を連れて渡辺邸に出向き、家の間取りなどを確認し、張静のための部屋の位置、使える家具類、処分する物をリスト化して仕分け、祖父母と綿密に打ち合わせの上で、必要な作業を検討した。

祖母には、この家で一人息子の真也を育てた経験はあるものの、若い娘を育てたことはないから、必要なものもよくわからないという。もしも必要なものがあれば、あらたに購入してでも、しっかり準備したいとの意向だった。

張静の来日は、のんびりと暮らしていた老夫婦にとって、何か久しぶりの一大イベントのような感じになっていた。馬場と沢村は、そんな祖父母と話していると、お困り事の相談というより、何か楽しそうな二人の話し相手になっているような気分だった。

もしかしたら、息子の真也も、こうなることをある程度想像していて、両親に今回の話を持ってきたのではないかと沢村は感じていた。


祖母は、女性には三面鏡が必要だろうから、自分が使っている物を、二階の張静の部屋に持っていくと言ったり、勉強する机が必要だから、祖父が一階の書斎で使っていた机を二階に運んだらどうかなど、もう自分達が多少我慢してでも、張静のために少しでも不便をかけないようにしたいという。

女の子の部屋に相応しい壁紙にしたいだの、布団を敷くよりもベッドを買ってあげた方がいいだとか、洋服ダンスや本棚なども必要だろうから、新品でなくてもいいので、何処かで手に入らないかとも言い出し、トラバイスの二人への要求は、どんどんエスカレートしていった。

馬場と沢村は、とりあえず使えるものは使って、予定している六畳間に、生活できるスペースを確保するために処分するものはトラバイスで全て引き取って、一般的な若い中国人女子学生の生活習慣なども調べた上で、不足すると思われるものは何とか入手して搬入するから、お任せいただきたいと言って二人をなだめ、渡辺邸を辞去した。

沢村は、ちょっとこの先、思いやられる気もしたが、馬場は、世話になった先輩夫妻の意向にできるだけ応えて差し上げたいと思っていた。トラバイス社には、娘を持つ社員もいるから、彼らの意見も聞いてみたりして、対策を考えようということになった。


企画会議で話を聞いた権堂は、馬場の恩人からの依頼だし、数年前に自分の娘が嫁に行って自宅から出て行ったので、使わなくなった物を譲るから、必要なモノを高円寺まで運んでやれと即座に言った。馬場は、権堂社長の心遣いに感謝した。

翌週、実践部隊の坂井と山下が、権堂の長女が使っていた家具類を積んで、渡辺邸まで運び、替わりに不用品を回収して積み込み、部屋の清掃も済ませて、ひとまず張静の受け入れ準備は完了した。渡辺夫妻は、まだ会ったこともない張静が、果たして満足してくれるだろうかと言いながらも、活き活きとした表情で、無事準備が完了したことを喜んだ。

十四

ある平日の夕方、アドミ部隊の栗田七海は、成城学園前の喫茶店『琥珀』で、船山聖奈と会っていた。小田急線での席取り代行の件で、プランの協力者となってくれた信用金庫に勤める船山聖奈は、既に依頼人である石塚鉄平や、唐木田在住の西村親子とも交流をもっていた。

仕事の帰りに『琥珀』に寄って、パンケーキを食べながら石塚夫妻と話して帰ることもあった。七海から、トラバイス社の業務内容を聞き、席取り代行の案件にも関わったことを機に、近くトラバイス社への転職を決め、信用金庫への退職願いも受理されていた。あと一カ月余りで、夏の賞与を受け取った後に退職するのだという。

船山聖奈は、石塚鉄平や西村真奈美と協力しながら、当初石塚鉄平のために確保したものの余剰となった二席の利用を希望するあらたな顧客を既に獲得していて、それはトラバイス社へ入社する際の手土産だとか、随分とオヤジ臭いようなことを言っていた。

今日は、その新規顧客の情報と、唐木田駅から成城学園前駅まで、やはり座って通っている協力者を二名見つけたことを伝えるために、『琥珀』に七海を呼び出したのだ。これで、確保できた席は五席となったから、トラバイス社が獲得できる手数料も増える。

ただし、聖奈がトラバイス社に転職すれば、成城学園前駅で下車することもなくなり、通勤に使う電車も変わるから、聖奈の席は使えなくなる。そのことも考えて、聖奈は自主的に協力者探しを続けていたのだという。鉄平の席が確実に確保できる仕組みが維持されることが、本件では絶対に必要な条件だった。奥さんも二人の近くに来て、鉄平の設計事務所での仕事が順調に進んでいることなどを嬉しそうに話していた。

アドミ部隊の七海は、広報や総務に加え、経理も担当しているが少し苦手で、同じアドミ部隊の照井から支援を受ける機会も多かった。

信用金庫に勤務している船山聖奈は、簿記二級資格も所持していて、経理に強いということや、面接での印象も非常に良く、権堂は採用内定を出していた。七海にとっても、自身の苦手分野を得意とする船山聖奈の入社は有難いことで、同じ歳で相性も良く気の合う仲間が増えることを喜んでいた。トラバイス社の社員達も、社長の権堂が採用した人材なら、恐らく間違いないだろうと、聖奈の入社を歓迎していた。

七海と聖奈は、いずれも人懐っこさや、チャレンジ精神、好奇心が強いところは、似ているが、キャラクターが全く被っているわけではない。

七海の強みは、コミュニケーション能力と感性の強さであり、それは社内で随一と言っても良かった。

一方の聖奈は、両親とも医師の家庭の三女で、二人の姉は医師と弁護士であり、学業優秀な家系の元で生まれ育った。いわゆる地頭がいいタイプで、学習能力、理解力が高く、特に記憶力は並外れていた。それでも、親戚からは、船山家で唯一の落ちこぼれのように言われていたが、本人は全く気にもしていなかった。

入社前から、七海と聖奈は互いを名前で呼び合っていた。来月、聖奈が入社したら、聖奈はアドミ部隊に配置し、七海をアドミ部隊から実践部隊へ配置替えにすることを、権堂は既に決めていた。

十五

高円寺の渡辺夫妻は、ホームステイで受け入れる、省吾の友人である張静の来日を控えて、そわそわした日々を送っていた。模様替えの依頼に留まらず、結局のところ、空港までのお迎えも、トラバイス社で請け負うことになっていた。お困り事は、部屋の模様替えの依頼から、外国人留学生の受け入れ全般に対する支援というタイトルに変わっていた。

張静が成田空港に到着する当日、出迎えには、トラバイス社実践部隊の山下雅信と、先月入社してきて、まだ研修中の船山聖奈が出向いた。

到着は午後六時の予定だが、格安航空券でのフライトだということもあり遅延することも多く、案の定一時間遅れでソウルからの便が着陸したというアナウンスが流れた。山下と聖奈は、空港内のレストランで食事を済ませ、カフェで到着を待っていた。

山下は、

「まだ、当分出てこられないだろうな」と言って、店を出ようとする聖奈を制止して、二人分の珈琲のおかわりを頼み、自身はパソコンの共有フォルダを開いたまま、未解決案件の資料に目を通したりしていた。

大連から成田までは、直行便なら三時間足らずだが、旅費を節約するためソウルで一旦乗り継ぎ、長い待ち時間を含め十時間ほどかけてくることになった。そうすると旅費は定価の十分の一程度で済むのだ。

既に八時近くになって、二人は、依頼人の孫の渡辺省吾から送られて来たメールに添付されている張静の顔写真と、歓迎ボードを手に、到着ロビーで彼女が出てくるのを待っていた。

カートいっぱいに荷物を積んで、張静が出て来た。飴色の眼鏡をかけた張静は、写真の風貌そのもので直ぐに彼女とわかった。真面目で、素朴な印象だった。

聖奈は笑顔で、

「你好！」と言い、

張静は、

「こんにちは！」と照れ臭そうに言った。

簡単に自己紹介した後、山下が重いカートを引き受け、三人は駐車場まで移動し、両側面に大きく『55号車』とペイントされたトラバイス社のワゴン車に乗り込み、高円寺の渡辺邸に向かって走り出した。

車中で会話していると、張静は日本語の勉強をしているというだけのことはあり、片言だが意思疎通は普通にできそうで、山下も聖奈も胸をなでおろした。これから始まる、年配の渡辺夫妻との同居生活に、大きな問題はないと思われた。

張静は、中国から出国したことも、飛行機に乗ったことも初めての経験であり、いつか訪れたいと思っていた、憧れの日本に来られた感慨深い想いに包まれ、長い今日一日の出来事によって、気持ちがとても高揚していた。初めて会った山下と聖奈の温かい歓迎は、不安な日本での生活を控えた今、とても有難かった。

長時間の移動での疲労に配慮し、後部座席に張静ひとりで乗せた。出発直後は、車窓からの異国の夜景に目を輝かせていたが、いつしか目を閉じて、眠ってしまったように見えた。恐らく早起きして早朝から空港に向かい、十時間を超える長旅だったのであり、緊張感も加わったわけだから無理もない。

聖奈は、渡辺邸に電話し、高円寺到着は十一時近くになることを祖母に伝えた。風呂を沸かして、もちろん寝ずに待っていると言った電話の声は弾んでいるように感じられた。

三人が高円寺に着いたのは、もう十一時を過ぎていた。成田空港を出発して三時間近くかかっていた。玄関まで迎えに出て、本人と対面した渡辺夫妻は、心待ちにしていた張静が無事に来日したことを心から喜び、家の中に招き入れた。山下と聖奈は、大きな荷物を降ろしてきて、二階の部屋まで運んだ。

玄関でスニーカーを脱いだ張静は、脱ぎっぱなしで土間から上がり、置かれたスリッパを見たが、どうしていいかわからなかった。

祖母が、

「その、スリッパ使ってね」と言うと、

「ありがとうございます」と言って、言われるままにそれを履いた。家の中でもスリッパを履くものなのだと知った。

祖母が、脱ぎっぱなしのスニーカーを揃えて、張静に何か話しかけようとしたのを祖父は見て、祖母に向かって首を横に振ると、祖母は舌を出して笑った。

祖母は、日本の文化を張静に教えるのを使命と感じていたから、日本では、脱いだ靴は逆向きに揃えておくのが礼儀なのだと教えようとしたのだ。祖父は、着いていきなりだから、今日は何も言うなと首を振って合図し、祖母もそれを理解した。

リビングで、山下と聖奈も交えた五人は少し話をした。今回の留学のことや、張静の故郷のこと、孫の省吾の様子なども聞いたりした。

「今日は、もう遅いので、風呂に入ってゆっくり休んで下さい」

祖父がそう言って、今夜は解散することになった。聖奈は、念のため日本での風呂の入り方とウォシュレットの使い方だけ、張静に教えておいた。祖母が張静を連れて二階に上がって部屋まで案内し、山下と聖奈は、夫妻に挨拶して渡辺邸を後にした。

十六

九月から張静が通う大学は池袋にあり、中央線を新宿で山手線に乗り換え、高円寺からだと二十分ぐらいだった。

池袋の街は、特に大学がある西口や、北口界隈に中国人の店が多くあり、街中を歩いていても度々中国語が聞こえてきたりもする。

張静は、せっかく日本に留学したのだから、出来るだけ日本人との交流を深めて、逆に日本に居る中国人同士の付き合いに依存すべきでないとの気持ちがあった。

中国語が通じない環境で生活することが、日本語の習得にも、日本文化の吸収にもプラスになる気がしていたのだ。

そういう少しストイックな姿勢も、今まで自身を支援してくれた両親の期待に応えたいとの意識や、張静にとっては大金をつぎ込んでチャレンジすることを決めた覚悟からくるもののようだった。

入国してからの一週間で、張静は早くも多くの目新しいことに出会い、たとえそれが些細なことであっても、時に驚きを感じながら、次々と知識と経験を積み上げていることを実感していた。留学を決めた段階では、たった二年間で得られることが果たしてどれだけあるのだろうとの不安もあったが、この調子でいけば、今回の滞在期間で手にする貴重な経験の量は、相当なものになる気がして期待に胸が膨らんだ。

毎日、見るもの聞くものの多くが、今まで自分が慣れ親しんできた習慣や、持っていた常識からは考えられないようなものだった。

高円寺の渡辺家の祖母は、張静に好印象を持っていた。色々と彼女の為に準備してきた甲斐があったと喜んでいた。だが、少し張り切り過ぎたところはあった。

トラバイスの船山聖奈に、

「髪は女の命って言うでしょ？　だから、若い人に人気の、最新のドライヤーを用意してあげてね。多少高くたってかまわないから！」

とリクエストしていたのだが、張静はボーイッシュな短髪の女の子で、長い黒髪の中国人を想像していた祖母のイメージとはかけ離れていた。化粧も薄化粧というか、もしかしたらスッピンに近い。

権堂の娘の部屋から運んできたドレッサーに、聖奈は少し化粧道具も買って入れておいたが、果たして使ってくれるかどうかはわからなかった。聖奈は、そのうち自分が少しアドバイスしてあげるつもりでいた。

張静は、大連の寮生活でも、シャワーだけで、今まで湯船に浸かる日本式の入浴をした経験がなかった。高円寺に到着した当日に、聖奈から説明はされたが、シャワーだけで済ませていた。

大連では、飲料水はウォーターサーバーを使っていた。水道水をそのまま飲むことはできないのだ。あるいは、一度沸騰させてから冷まして飲むかだ。

世界中で、水道水を普通に飲める国は、北欧やドイツ、オーストリアやスロベニアなど、九カ国しかないと聞いたことがある。アジアでは日本だけだ。蛇口を捻れば安全な飲める水道水が出てくることは、日本人にとっては普通のことだが、外国人にとっては普通のことではない。それなのに、コンビニで水を買う日本人がいるのも不思議ではある。

張静は、その貴重な飲める水で、湯船いっぱいに凄い量を毎日張って沸かして入り、翌日は捨ててまた新しい水を張るという習慣に驚いた。何とも勿体ないことだ。同時に、同じお湯の中に何人もが入るということに抵抗はないのかとも感じた。だが、日本人は元来綺麗好きで普段から清潔を好み、お湯を汚したりはしないのだろうと思った。湯船にはしっかり体を洗ってから入るように聖奈から言われたことを思い出した。

祖母は、張静からその話を聞いて、日本の習慣や文化を教える一方で、自身が知らない外国の習慣を、自分の方が学ばせてもらった思いがした。飲み水を得るために、何時間もかけて遠くまで汲みに行かなくてはならないような国もあるのだろうと思った。日本の水道事業による恵まれた環境の方が、世界でも特殊だということなのだ。

祖母は、昔の日本では、まだ誰も入ったことがないお湯に、最初に入るのを一番風呂といって、大抵はその家の家長が最初に入る文化があったと話した。そして、家長以外の人は、風呂から出てくると、後に入る人に向かって、

「お先にいただきました」などと言ったらしい。日本の謙譲の文化の一端を表しているとも思う。大連から到着した夜、祖父母は張静のために、もちろん一番風呂を用意してくれていたということを祖母から聞いた。

こうして、祖母と張静は、同居生活の中で、お互いの習慣について多くの会話をし、二人ともが、互いに学び合っていくような関係に変わっていった。そうやって、祖父母は、張静をまるで自分達の孫娘のように感じ始めていた。

留学先への入学までの期間、張静は東京の街並みを歩いて回り、初めて来た日本の空気をいっぱいに吸い込み、心が満たされる毎日だった。高円寺を出発して、随分と遠くまで歩いた。地図を見ながら、明日は何処に行こうかと考えるのも楽しみで、ランチは、渡辺の祖母が持たせてくれたおにぎりを公園で食べるが、数回は途中で見つけた店に入って食べたこともあった。

日本にはラーメン店が多く、それぞれ味が全く違うのだと知った。値段は少し高いが、張静は日本のラーメンが大好きになった。午前中に出掛けると、だいたい夕方まで戻って来なかった。

贅沢はできないから殆ど徒歩で回ったが、都電にも乗った。親切な駅員が、一日に限り何処の駅で乗降して何処まで乗っても使える終日パスがあることを教えてくれてそれを買い、歩くにはかなり遠いところまで行った日もあった。

日本人はみんなとても親切だった。張静は、ある程度日本語も話せるし、安全な日本の街で不安に思うことは全くなかった。その上、夕方に高円寺に帰れば、そこには渡辺の祖父母が待っていてくれるのだ。

帰ると祖母が、

「今日は、何処まで行ってきたの？」と聞いてくる。

その日は、代々木公園や明治神宮などに行ってきたと話した。片道一時間以上は歩いただろう。張静は、明治神宮で感じた厳粛な雰囲気が強く印象に残り、神社とお寺の違いなどを祖母に尋ね、祖母は丁寧に教えてくれた。お詣りの仕方もわからなかったが、参拝していた人のやり方を真似して立ったままお辞儀をした。張静にとってのお寺でのお詣りの常識では、膝をついて拝むが、神社ではそれとは全く違うようだった。祖母は、今度、近くにある神社に連れて行って、お詣りの正しいやり方を教えてあげると言った。

祖母は、そうやって、毎日張静から尋ねられた質問に応じることが楽しみでもあった。張静の好奇心は旺盛で、あらゆることに興味を持ち、疑問が湧けば、帰って祖母と話して、日々さまざまなことを学んでいった。

張静から、日本では観光地などに限らず、何処に行ってもそこら中の道端に飲み物の自動販売機があるのはどうしてかと聞かれ、祖母はその答えがわからなかった。言われてみればそうだが、昔はそうでもなかったのに、いつの間にかそうなっている。

中国にも自動販売機はあるが、大抵は建物の中にあるし、こんなには無いという。そうやって、張静から聞く素朴な疑問は、祖母にとっては新鮮な事柄が多く、日本の社会や文化の特徴を逆に学ぶことも多かった。

張静にとって、高円寺の祖父母との同居は、経済面だけでなく、生活面でも学習面でも、とても貴重な環境だった。下宿を世話してくれた省吾への感謝の気持ちは大きかった。その日の出来事を、ほとんど毎日省吾にチャットで知らせることが習慣になっていた。

十七

世の中には、さまざまな困り事をもっている人達がいるが、中にはその困り事が解決せず、そのままにしておいたとしても、自分が困るようなことではないこともある。できることなら解決したいが、別に急ぐわけでもなく、それを解決しようと思うか思わないかも、その人によって捉え方が違ったりもする。

今回、トラバイス社に届いた依頼は、いわばこの種の相談だった。解決しなくても不都合があるわけではない。しかし、依頼人のとても尊い気持ちが相談の動機となっていることから、権堂は何とか方法がないか検討するよう社員に指示していた。

社内区分でいうところの、紹介出し案件にあたる可能性もあるが、まずは提携先である安田弁護士のところに行って、自社案件として引き受けるかどうかも含め、相談することになった。

今日は、安田弁護士との窓口となっているネットワーク部隊の太田次郎が、最近実践部隊に配置換えとなった栗田七海を帯同して、弁護士事務所に来ていた。安田弁護士からは、自分の事務所で受けるべき法的課題が絡むような案件ではないので、自社案件としてトラバイス社で対応するか、安田弁護士事務所の再委託先である梅森探偵社に直接相談してみたらどうかとのアドバイスをもらった。既に面識があった太田は、確かに人を捜したりするのは、梅森社長が得意な分野だろうと思った。

安田弁護士から、事前に梅森社長に概要を伝えておいてもらったおかげで、梅森探偵社に着いた頃には既に依頼事項を把握した上で、梅森社長と共同設立者で義理の弟である団野が、揃って待ってくれていた。梅森探偵社にとって、安田弁護士は大事な取引先であり、そこからの紹介ということなので、対応も早かった。

今回の依頼事項は、横浜市にある児童養護施設の施設長からのものだった。『くるみはうす』というこの施設は、事情があって親が育てられない子供や、元々親がわからない孤児などを受け入れ、入所者が自立できるまでの間、生活から学習に至るまでの支援を行っている児童福祉法に基づく施設だった。

入所者にはそれぞれ様々な事情があり、所属する指導員や保育士は、子供達にとって父母や兄姉のような存在にもなっているとのことだ。


相談者である『くるみはうす』の施設長の青山律子は、施設を開設してから三十年以上、長年にわたり社会福祉に取り組んできたという。施設の運営には資金も必要で、公的支援はあるが十分ではなく、さらに経済的なもの以外にも、さまざまな課題を抱えていた。

本件の相談を最初に受けた営業部隊の藤本は、そういった福祉関連の知識も無く、少し重たそうなお困り事だと思った。だが話を聞いていくうちに、解決したい課題はごくシンプルであり、これなら何か方法を見つけ出すことができる気がした。とはいえ、それは簡単なことではないとも感じていた。相談の元となる事象が起きてから、かなり時間が経過している点が、解決の難易度をさらに上げているように思えた。

半年ほど前の五月十二日の朝、『くるみはうす』に出勤してきた保育士の北山美沙が、郵便受けを開けると、そこには分厚い茶封筒が届いていた。切手は貼られていないから郵便物ではない。差出人はなかったが、『くるみはうすのみなさまへ』と書かれていた。

北山は、封筒を開けると、それが現金だと知って驚いた。百万円の束が五束入っていた。便箋には、「くるみはうすの子供たちのために使って下さい」と、達筆な文字で書かれていた。

書いてあったのはそれだけだ。北山は焦った。とにかく青山施設長が出勤したら、直ぐに報告しようと、急いで更衣室に駆け込み封筒をバッグに入れて肩から掛け、肌身離さず大切に持ち歩きながら、開園の準備作業をしていたが、どうにも落ち着かなかった。

あしながおじさんが、『くるみはうす』までやってきて、子供たちのためにお金を置いていってくれたんだ。そう思ったが、多額の現金をひとりで持っている不安の方が大きく、施設長が出勤してくるまでが途方もなく長い時間に感じた。

こうして、匿名の方からの多額の寄付を受けた青山施設長は、それを子供たちのために有効に活用することにはなったが、その方への御礼をどうしても言いたいのだという。匿名での寄付であり、そこには事情があるのだろう。だから有難く頂戴し、詮索することはやめようと一旦は思っていたが、やはり直接御礼を言わなければ、どうしても気が済まないのだという。

ということで、今回の相談は、匿名で寄付をしてくれた、あしながおじさんを見つけて欲しいとの依頼だった。


梅森探偵事務所で、梅森社長、団野、太田、七海の四人は、本件の基礎情報を再確認し、捜索の糸口となる要素について話していた。まずは、いつも権堂が言っているように、依頼人と会って人物を知り、対面で詳しい状況を確認してくる必要があると梅森も言った。

そして、この手の課題解決に経験豊富な梅森だったが、安田弁護士からは、本件を紹介受け案件として受けるつもりはないので、梅森探偵社が直接受注することも避け、トラバイス社の二人への適切なアドバイスだけをお願いしたいとの要請を受けていた。

梅森は、トラバイス社の権堂社長について安田弁護士からは、社員育成にとても熱心であると聞いていた。社員自身があらゆるアングルから課題を精査し、経験とセンスを磨くことで、より高度な課題に対しても、何通りものアプローチ方法を自ら考え出し、失敗と成功を繰り返しながら力をつけさせることが、自分の役目なのだと言っているそうだ。

だから、人を捜すという課題に向かう時、その道のプロとも言える梅森から、着眼点や思考の深さや感性など、自身が長年経験して身に付けてきた、目には見えない感覚のようなものを、トラバイス社の二人に学んでもらうことが、安田弁護士と権堂社長の二人ともが望んでいることなのだろうと思った。

あるモノを欲しがっている者に、そのあるモノを与えてやりさえすれば、受け取った者はそれで願いが叶い満足はする。

だが人を成長させ、その者の将来を見据え、より可能性を引き出そうとする指導者は、そのモノを与えることはしない。そのモノの作り方を教えるものだろう。梅森は、自身があしながおじさんの行方を捜してやるつもりはなかった。

十八

翌日、太田と七海は『くるみはうす』を訪れ、青山施設長と会っていた。青山施設長は、長年、社会福祉の道を歩いてきたことを感じさせ、短時間に交わした会話の中からも、とても人間的で立派な方との印象だった。福祉の関係の知識がなかった太田と七海は、保護者と一緒に暮らすことができない子供たちの生活実態や、その苦悩を埋め合わせるべく日々奮闘する施設職員らの日常、『くるみはうす』を開設するに至った経緯などについても説明を受けた。現在、ここには三十人の子供たちがいて、この種の施設の規模としては決して小規模なものではないという。

暫くして、同席を頼んであった保育士が部屋に入って来た。現金が入っていた封筒を最初に発見した北山美沙だ。

北山は、封筒が届いたその日は当番だったため、九時の開園までの準備をする予定で、朝八時頃に出勤したという。正門から入る際、脇に設置された郵便受けから新聞を取って施設長の席に置いておくのが日課だが、新聞を引っ張りだすと、ポストの底の方に大きな封筒があるのに気付き、それが現金の束であることを確認したとのことだった。

その時に、ポストの周囲に誰か人がいなかったか尋ねるも、中身に驚いて頭が真っ白になり、よく覚えていないという。だが、大金だったので、誰かに見られていたら怖いので、周りを見たが、通りの反対側の歩道に通行人は何人かいたものの、誰にも見られていないことを確認したと思うと言っている。

施設があるこのあたりは住宅街で、朝の時間帯は、通勤や通学の歩行者や自転車が通るが、北山の話を聞くかぎり、寄付した当事者が近くで見ていたようなことは考えにくいと思われた。もっと朝早い時間に、ここを訪れてポストに封筒を入れたのだろう。

七海は、ポストに入っていた封筒と新聞は、その状態から、どちらが先に入れられたと思うかと北山に聞き、入っていた状態を細かく尋ねた。北山は七海からそう聞かれて、毎日、その日の当番が早めに出勤し、その際に朝刊を取り出し、夕方には夕刊を取り出し、郵便物を確認するのは、毎日その二回だと説明した。

言われてみれば、もしも分厚い封筒が入っていたところに、朝刊を入れたとしたら、底の封筒が突っかえて、新聞はもっと飛び出していたかも知れない。ポストの新聞は、いつもと変わらない感じで収まっていたが、封筒があることで引っかかり、取り出しにくかったという。

そうすると、寄付した人は、新聞が配達された後の早朝に、封筒をポストに入れたのだと考えられる。決して、前日の深夜から明け方にかけてなど、新聞配達前に入れられたものではないことが想像された。

太田は、現金が入っていた封筒と、添えられていた便箋を確認していた。郵便物ではないから切手や消印もない。差出人に繋がるヒントは見出せなかった。わかるのは、便箋に書かれた手書きの筆跡だけだった。万年筆で書かれた達筆な文字だった。

入っていた現金は、会計帳簿に匿名者からの寄付金として記載され、施設長によって既に預金されていて、残っているのは封筒と便箋だけだった。

太田は、恐らく難しいだろうとは思ったが、現金の束の帯封がわかれば、金を引き出した銀行が判明し、それが寄付者捜索のヒントになると考え、帯封に銀行名が印刷されていて、それを覚えていないかと北山に尋ねた。すると北山美沙は、スマホを取り出した。

更衣室で封筒をバッグに入れる際に、五つの札束の写真を撮影してあったといい、その写真を見せてきた。何故だか、封筒の中身が確かに五百万円の現金だったことを、記録しておくべきだと反射的に思ったのだという。

北山が撮った写真には、更衣室のソファーの上に、百万円の札束が、五つ並べられて写っていた。小さいが、帯封の表面も確認できる。帯封の部分を拡大してみると、五つの札束すべてに、銀行のマークと思われるロゴと、小さな印鑑が押されている。銀行の名前は書かれていなかった。

太田と七海は、ひとまず北山からその画像を自身のスマホに転送してもらい、持ち帰ることにした。今後も、気になる情報を思い出すことがあれば、いつでもこのチャットで連絡して欲しいと頼んだ。
太田は、あしながおじさんの素性と所在を確認するためのヒントとなる情報を得ようと、寄付が届いて以降、『くるみはうす』に起きた何か変わったことや、気になる訪問者が来たりしなかったかなど、何らかのヒントを見出すべく聴取を続けていた。

七海は、その後の三人の会話も上の空で、自身のスマホに送られた札束の写真に写る帯封のロゴマークと『猿渡』という印鑑を凝視していた。上目遣いで天井を向く、七海が勘を働かせる時のいつもの顔で何かを考えている。七海がその顔をすると、いつもそこが課題解決のポイントであったりするのだ。そしてその勘は、とてもよく当たる。
七海は、そのロゴマークを何処かで見たような気がしていたのだ。特徴のある形をしていて、アルファベットのMを丸く模ったようなデザインだが、日頃、銀行のマークを気にするようなことはなく、あまり一般的によく見かけるようなものではない気もした。

一時間ほどの聴取で、ひと通りの基本情報を得た太田と七海は、『くるみはうす』を出て、最寄り駅である東急あざみ野駅へ徒歩で向かっていた。少し早いが、駅前のパスタ屋に入り、ランチメニューを頼んでいた。

太田が、名刺入れを取り出し、顧客に電話を架けるため席を離れようとしている姿を見て、突然、七海が声を出した。

「太田さん、思い出しました！」

「何を？」

「あの、帯封にあったロゴマークですよ！」

七海は、太田が名刺入れから名刺を取り出す仕草を見たことがきっかけとなり、帯封のロゴマークが、過去に自分がもらったことがある名刺に印刷されていたものと同じであることに気付いたのだ。


名刺をくれた人物とは、先日トラバイス社に転職してきた船山聖奈だった。聖奈は、南関東信用金庫に勤めていた。あの札束は、南関東信用金庫の口座から引き出された現金であり、印鑑は担当者のものなのだろう。そう思った。

七海は、直ぐに聖奈にチャットして、帯封の写真を送っておいた。店を出て暫くすると、聖奈から返信があった。

『印鑑の名前の人、会ったことはないけど知ってるよ』と返ってきた。

南関東信用金庫は、関東一都六県に六十の支店を展開していて、従業員数は二千人を超える大手の信用金庫だった。人事異動は不定期なことも多いが、年度が替わる四月一日付で、毎年大きな人事異動があるという。異動内示速報は社内掲示板にアップされ、数百人の配置換えが、即座に全社で周知される。

聖奈は、毎年の異動速報の中身を全て見ることが習慣になっていた。それは、毎回相当な量になるが、聖奈はその殆どを覚えているのだ。聖奈の記憶力は凡人には想像できないほどに凄い。特に数字の記憶力は天才レベルだが、人の名前や日付なども、一度見たら覚えようと努力しなくても、自然に記憶されるらしいのだ。

帯封に押されていた『猿渡』という姓の職員を、聖奈が在籍していた五年間の異動通達で見たことがあるのは一人だけだという。

聖奈が入社した翌年の四月異動で、藤沢支店から鎌倉支店に異動している猿渡和香子という女性だろうと、聖奈は特に得意げにでもなく、普通にそう言った。

七海は、聖奈に恐るべき記憶力があることはもうよく知っていたが、あらためて驚き、頼もしく感じた。それを聞いた太田の方は、しかしよくそんなことまで覚えていられるものだと、何度も首を傾げながら聖奈の並外れた能力に、ただ感心していた。

十九

『くるみはうす』から、トラバイス社に戻った七海は、早々に船山聖奈と本件の今後の進め方について話していた。太田は、寄り道してから帰ると言うので渋谷駅で別れ、七海ひとりで社へ戻っていた。

七海が帰社するまでの間、聖奈は猿渡和香子について調べていた。帯封に印鑑を押したということだから、百枚の札を勘定して結束した、出納係の職員だろう。彼女が窓口に出ることはないはずだから、窓口業務を担当している別の職員が、金を引き出しに来た人物と接触しているはずだと言う。いずれにせよ、鎌倉支店の職員であることは間違いない。

聖奈には考えがあって、自身が勤務していた成城学園前支店の後輩にチャットで連絡し、社員名簿から鎌倉支店の預金窓口担当者を調べてもらうことにした。社員情報を口外するのはルール違反だが、親しく可愛がっていた後輩は、聖奈に従順だった。

窓口専任の担当者は五十嵐という社員だという。その名前は、二年前の異動通達で見たことがある大船支店から鎌倉支店に異動した、五十嵐渚という社員であるとの、聖奈の記憶と一致した。
聖奈は、自身が鎌倉支店に出向いて、窓口担当者の名札を確認しさえすれば、後輩から情報を聴き取ったルール違反は帳消しにできると考えていた。小さな支店だから、預金の入出金を扱うテラー担当は直ぐにわかるはずだった。後輩に迷惑をかけることなく、五十嵐渚に辿り着くことができる。

その後、ネット検索で五十嵐渚の氏名から、本人のものと思われるＳＮＳの投稿に辿り着いていた。よくある名前でもないから、同姓同名の人物である可能性は低いと思われた。最近は、ネットで個人情報を抜き取られて被害を被るようなことも多く、誰もがそれを警戒していて、投稿に五十嵐本人の顔がわかるようなアングルの写真などは載っていなかった。紹介された一部の投稿だけが閲覧できた。食べ物や場所を紹介するような投稿だけだ。

だが、その投稿からわかる情報が全くない訳ではなかった。大きな犬を連れて、公園の遊歩道を散歩している後ろ姿の写真があった。遠くに、ゴルフ練習場のネットが写っている。本人の顔はわからないが髪型はわかる。犬の顔や特徴はよくわかった。白と茶色の長い毛を持つ大きなコリー犬だ。

犬の散歩に、自宅からそんなに遠くまで行くことは考えにくい。そうすると、本人の自宅は、この公園の場所から遠くないことも想像できる。

影は長く伸びているから、太陽はまだ低いはずなので、多分朝早い時間か夕方だと思われるが、位置関係から方角がわかれば、散歩の時間が、早朝か夕方だったかは判明するだろうと思われる。

朝であっても、夕方であっても、平日は信用金庫に勤める五十嵐渚が、犬の散歩に行くことは考えにくい。だから、土日か祝日の風景なのだろう。

二人は、聖奈が調べてわかった情報を更に深掘りしていけば、最終的に何処まで辿り着けるかを考えていた。さらに、何らかの追加情報と組み合わせれば、五十嵐の住む家の場所がわかるかも知れない。

だが、もしも家がわかったところで、その後どうするか。家で接触することに意味があるか。五十嵐は南関東信用金庫の鎌倉支店にいるのであれば、会うだけなら支店に行けば会えるはずだ。五十嵐が、あしながおじさんのことを覚えていて、しかも、その人の名前や住所を教えてくれなければ、ゴールには辿り着けない。支店で会っても教えてくれないことを、自宅を訪ねて行って会えば教えてくれるのか。金融機関に勤める人は、特に顧客情報の流出による苦情やトラブルには敏感な筈である。

ここまで考えたところで一旦行き詰まり、二人は珈琲ブレイクに行くことにした。こういった気分転換の仕方など、切り替えが早いところが二人の共通点だった。七海と聖奈は何故かいつもリズムが合うのだ。

三十分程して、二人が社に戻ると、ネットワーク部隊の太田が戻ってきていた。七海と別れた後、梅森探偵社に寄ってアドバイスを受けてきたらしい。ホワイトボードに、今回の課題の全体像をチャートにして書き込み、腕組みをしながらボードと睨めっこしている。

太田が言うには、梅森探偵社の団野さんと会って、人捜しの奥義について尋ねたが、奥義などないと笑われたらしい。ただ、必ずその人を見つけ出すという執念が大事だという。

精神論はともかく、過去に人の居所を捜し当てたパターンというのはさまざまで、ケースによって毎回やり方は異なるのだという。だが、一言で言うならば、情報をかき集めて、その中から有益な情報を選び出し、それを繋いでいくことが発見への道なのだという。

途中から、梅森社長も部屋に入って来た。長年、犯罪捜査に携わって来た梅森社長によると、逃げる対象者を見つけることが難しいのだという。探偵社に来る、人を捜す依頼の多くは、対象者が犯罪者ではなくても、見つからないように、やはり逃げたり隠れたりするのだ。だが、今回トラバイス社が引き受けた人捜しは、相手が逃げたり隠れたりすることは考えにくいから、難易度は下がるという。

方法論で、ひとつアドバイスをもらったのは、当たりを付けた地区の大きな図書館に行ってみたらどうかということだった。昔は、電話ボックスには必ず電話帳が備え付けられていたが、今は個人情報保護法の関係や携帯電話の普及で、地域によっては個人が掲載された電話帳の発行自体廃止されているという。だが、過去に発行されたものは、その地域の図書館に行けば大抵蔵書があり、一般の人が閲覧できる。電話帳に掲載を希望していなかった人もいるだろうが。まずは、そこから始めることもあるという。

ただし、居住地域が市区郡程度まで大まかにわかっていたり、鈴木や佐藤のようなよくある名字以外の場合でないと難しいやり方なのだとも言われた。人の家を探す時には、初期によく使う方法だということだった。もっとも、捜し出す対象者の氏名がわからなければ意味はない。

あしながおじさんの氏名はまだわからないが、太田が梅森探偵社から得てきたアドバイスを聞きながら、七海と聖奈は顔を見合わせて同じことを考えていた。五十嵐渚の家を見つけるところまでは行けるかも知れないと思ったのだ。その後のプランについては、まだノーアイデアだが、進めるところまで進むと、その先の活路が見出せることはある。

写真の後ろ姿から想像される五十嵐渚は、七海や聖奈と変わらないぐらいの、まだ若い女子社員に見えた。家族と自宅で暮らしている可能性もありそうだ。

勤務先である信用金庫の大船支店と鎌倉支店は、いずれも鎌倉市内にあり、横須賀線ならば二駅だ。同一市内での人事異動であることから、居住地も鎌倉市近辺の可能性が高い気がすると聖奈は言った。

七海と聖奈は、鎌倉市近辺の図書館に行って電話帳を閲覧し、五十嵐という姓の家をピックアップし、そこから候補を絞る方法があるだろうと考えていた。

聖奈がしばしネット検索をしながら、

「鎌倉市の人口は、約十七万二千七百人ですが、そのうち五十嵐姓の所帯数は、多分五十軒程度のものだと思います。隣接する藤沢市まで入れると百七十軒ぐらいになっちゃうな」と言い出した。

「電話帳に住所を掲載している五十嵐さんが、そのうち何世帯いるかはわかりませんが、鎌倉市に限定して、例のＳＮＳの写真から得られる情報を組み合わせれば、意外と簡単に絞り込めるかもしれませんね」聖奈はそう言った。

七海は、写真から絞り込める条件について、早速、聖奈と話し始めていたのだが、太田が、

「そんなに少ないか？　何で五十軒程度だなんて予想できるんだ？」

と言い出したので、二人は一旦話を戻された。

聖奈は、今調べた全国の五十嵐姓の人数、全人口に対するその比率、鎌倉市の人口、所帯数から割り出した平均所帯人数などを全て空で言い、都道府県での偏りなどを考慮した割合から考えたと答えた。

特にメモするようなことも無く、全て暗算である。聖奈は数字に強く、記憶力と暗算力は凡人とは違うレベルだから、この程度の予測は簡単なことだった。

七海は、鎌倉市周辺の地図をプロジェクターに投影し、写真に写っていた大きな公園の位置を探していた。地図に表示されている大きな公園は八カ所あった。候補として、まず

は八カ所の位置を地図上にマーキングした。

次に聖奈が、ゴルフ練習場のネットが見える位置にある公園に絞り込もうとした。散歩が朝なら、写真の影の逆側が東だから、ゴルフ練習場は公園の北側だ。夕方なら公園の南になる。今度は、近隣のゴルフ練習場を調べて、その位置をマークしていった。

ゴルフ練習場と聞いて、太田は何の話をしているのか気になったが、まだデータをメモしつつ電卓を叩いて、どうして聖奈がいとも簡単に五十軒と言えたのかを検証している最中だった。二人のペースに全く追いついていなかった。


これら一連の作業を経て、七海と聖奈は写真の公園をほぼ特定し、そこから半径百メートル程度の町名まで既に絞り込んでいた。図書館に行って電話帳を閲覧し、まずは該当する町名にある五十嵐姓の住所を調べ、そこを訪ねて写真のコリー犬が居ればビンゴだ。

太田が、

「確かに、五十軒ぐらいになりそうだなぁ」と言った。かなりの時間差だったが。

「でしょ?」聖奈はそう言って笑った。

二十

　この日、渡辺の祖母は張静を連れて、自宅近くにある神社を訪れていた。ここに住みだして以降、年始の初詣はもちろん、孫の省吾のお宮参りや、事あるごとにさまざまな祈願にも度々訪れる場所だった。

　祖母は張静とともに鳥居の前で一礼し、手水を使ったお清めのやり方、お賽銭を入れ、二礼二拍手一礼の拝礼など、手本を見せた。


　中国四千年の歴史と言われるが、漢民族のみならず、多民族による建国や統治で栄枯盛衰を経てきた王朝の歴史とは異なり、張静が学んだ日本史の知識によると、古事記や日本書紀などで初代天皇とされる神武天皇から始まり、以来およそ二千年もの間、天皇家は脈々と続く血縁で、今上天皇まで繋がっているとのことらしい。

　だが、現在では、その役割に国家の統治という要素は全くなく、日本国と日本国民統合の象徴とされているそうだ。その天皇家と神道は深い関係にあり、神道に基づく祭祀を執り行う場が神社なのだという。

諸説ありそうだが、学んで得たそのような知識により、張静にとって神社の存在は、何か日本の歴史とともにあり続け、神秘的な印象を象徴するもののように感じられた。神社の境内に漂う神聖な空気感に、身が清められるような感覚を抱いた。

祖母は、張静の日本での生活と学業が上手くいくことを願い、社務所に寄ってお守りを購入し、それを張静に手渡した。

「神様が、いつもあなたを守ってくれていると思ってね」と言って笑った。

張静は、参拝に来ていた人に頼んで、神殿を背景に二人並んで写真を撮ってもらった。この時撮った二人の写真は、張静が中国に帰った後も渡辺邸に飾られ、張静の家でも日本留学の想い出として大切に飾られた。

翌日、船山聖奈は、渡辺の祖母から頼まれた張静の身の回り品を購入し、それを持って渡辺邸を訪ねていた。駅で見つけたアルバイト募集の無料情報紙ももらってきた。

張静も、留学先の大学から送られてきた講義の時間割に照らして、空き時間に働けるアルバイト先を探し始めたいと考えていた。学費とは別に、中国で両替して持ってきた生活費として使う日本円も減る一方で、先のことを考えると、少し心細くなっていたところだ。

田舎から出てきて、大連の大学に通いながら、張静が働いていたバイト先は、日系のコンビニエンスストアだった。聖奈から渡された情報紙に、渡辺邸から比較的近いコンビニでのアルバイト募集が掲載されていた。大連での日系コンビニチェーンとは別の銘柄だが、コンビニの仕事の要領には慣れているので、できればそこで雇ってもらいたいと思った。

外国人は雇えないとは書かれていないので、早速応募したいと張静は言った。日本では、採用の募集広告に、性別や国籍などの条件を記載することは法律で禁止されているのだと聖奈は教え、とにかく行ってみようと同行を引き受けてくれた。

コンビニに着くと、聖奈はアルバイトに応募しにきた用件などを、張静に代わって説明したりはしなかった。ただ一緒に傍に付いていて、張静が独力で何処までできるのかを近くで見守っていた。

その時間お客も少なく、レジの店員に用件は伝わったようで、店主と思われる五十がらみの男性が奥から出て来た。張静は、パスポートと許可証などを提示しながら、店主と話していたが、奥の事務所で話を聞きたいと言われ、聖奈の同席も了解してくれた様子で、手招きしてきた。

店主は、身元保証人が近くに住む渡辺と聞いて、直ぐに採用を決めてくれた。後でわかったことなのだが、店主と省吾の父親である渡辺真也は、幼馴染の同級生だったのだ。渡辺の祖父母との交流は無かったが、これも何かの縁だった。店主は、可能なら明日からでも来て欲しいと言い、張静はその場で了承した。

外国人のアルバイトを採用するのは初めてだったが、真面目そうな張静は、簡単な日本語も話せるし、コンビニで働いたことがあると聞いて、店主の不安は和らいでいた。

渡辺邸に戻って来た張静と聖奈は、無事にアルバイト先が決まり、それが近くのコンビニであることを祖父母に報告した。張静が、大連でも日系のコンビニでバイトしていたことも初めて聞いた。それならちょうど良かったと喜んでいた。

コンビニの場所を聞いて、祖母が言った。

「そこって、うちの真也の同級生だった神山君がやってるお店だと思うわよ！」

それを聞いて二人は、外国人の張静を店主が随分とあっさり採用してくれた理由がわかった。渡辺邸に居候していて、身元保証人が真也の両親なら安心だと思ったのだろう。

聖奈は、帰社してから張静のアルバイト先が決まったことを、ファイルに入力して社内に共有した。当初は、部屋の模様替えだった依頼は、外国人留学生の受け入れ全般に対する支援に変わっているから、今でも依頼は継続中なのだ。もちろん報酬も発生している。だが渡辺夫妻は、報酬額の多寡については無頓着だった。手数料の設定は、アドミ部隊の照井が起案して権堂社長の承認を得るのだが、交通費などの実費はともかく、決して高額なものではなかった。

それでどれほど利益が出るのか疑わしいレベルだったが、依頼人は年金生活者であり、役員の馬場の恩人だから特別価格にしてやれと権堂は言った。社長のそういうところが、馬場や社員をさらにヤル気にさせていた。

翌日から、張静はコンビニで働き始めた。店主の神山から、一日の仕事の流れなどを説明された。別のアルバイトは大学生と主婦とフリーターで、十二人がローテーションを組み、日中は二名ずつ出勤している。張静は、大学の授業が始まるまでは、毎日出勤することにしていた。早く仕事も覚えたいし、収入を得ることも必要だった。

日本のコンビニで仕事をする毎日を通して、日本人との触れ合いや、文化や習慣を吸収することができるのも、張静にとって楽しみだった。

日本でも、電子決済や現金支払いの顧客が混在しているようだ。中国でも日本以上に電子決済が普及しているものの、一部現金で支払う顧客もいる。だが、現金で受け取るのは少し面倒なところがあった。

中国では偽札も流通していて、もしも偽札とわからずに受け取ってしまうと、その分は受け取ってしまったアルバイトの給与から差し引かれてしまうのだ。

だから、レジに立つアルバイトは、顧客から受け取った紙幣を電灯に透かしてまじまじと見つめ、手触りを確認したりする行為は普通のことだった。人民元で最も高額な紙幣は百元札で、それを受け取る時には特に注意する。百元札の価値は日本円にすると二千円弱で、偽札一枚掴まされると、その日のバイト代の大半が消えてなくなる。

日本でそれをやると相当感じが悪いし、偽札など滅多にないから止めるようにと、夕べ、省吾から来た返信チャットに書いてあった。

今の日本では、到底考えられないが、中国でのキャッシュレス化の進展は凄まじく、『現金お断り』と店先に張り紙をした商店が指導を受けたニュースを目にしたり、道端で物乞いをするホームレスの人達でさえ、首からＱＲコードをぶら下げて、施しを求める風景が随所で見られる程だった。

省吾は、同じコンビニの店員という仕事に就くことは、中国と日本の習慣の違いなどを比較して体感するのに、とても効果的なことだと思うと言っていた。確かに、ほんの数日の勤務で、既にいくつかの違いを体感していた。

店外に設置してあるごみ箱は、缶・ビン、ペットボトル、燃えるゴミなど、分別して出せるように別々の箱に区分されている。祖母とスーパーマーケットに行った時にも、牛乳パックやプラスチック専用の回収ボックスを見た。資源のリサイクルが、生活の中で浸透していることを感じた。

ゴミ箱のゴミを種類ごとに袋に詰めて、裏の倉庫に持っていく作業も、バイトの仕事だったが、燃えるゴミの箱に缶やペットボトルが入っていたりすることもあった。それを正しく分別しなおして倉庫に持っていくのだ。大半の人は社会のルールを守っているが、なかにはルールを破る日本人もいるようだ。

張静が、興味を持って調べたところ、リサイクルへの取り組み方は国によっても違い、欧米などでは家庭での選別はせず、まとめて回収した後に専門の業者によって選別され、資源として活用している国もあるとのことだ。

日本のように、住民によるごみの選別を習慣化させることが難しい国では、そうやって別に国などがコストをかけて対応しているのだ。焼却する際の熱をエネルギーとして活用したり、まとめて埋め立ててしまうような処理方法をとるなど、世界にはさまざまな国があるようだ。張静は、今までそんなことを考えたこともなかった。

入口脇には、赤い郵便ポストが設置されている。張静が慣れ親しんできた、中国の緑色の郵便ポストとは違うことで、何か新鮮な感じがした。毎日決まった時刻に、いつもの郵便局員がポストの郵便物を集めに来る。とても感じがいい人だ。日本では、郵便事業は民間企業が担っているという。

最近は、中国の都市部で、郵便を利用することもかなり少なくなった。だからコレクションなどはともかく、郵送するのに切手を買うような機会はほとんどなくなっていた。封筒に入れて送れるような書類は、メールの添付ファイルで送ることがスタンダードとなっていて、特にビジネスでは、封筒に書類を入れて、宛名を書いて、切手を貼って、ポストに出しに行くような手間はかけなくなっているのだろう。郵便物は、途中で紛失したりすることもあるが、メールなら確実かつ瞬時に届くからだ。

贈答品など、メールに添付できない品物を送る際には、日本と同じように宅配業者を使って送ることになる。

旧暦の八月十五日は中国の中秋節にあたり、新暦では九月から十月初旬に、親しい方やお世話になった方に、月餅を送る習慣がある。さすがに月餅をメールでは送れないが、最近では月餅の引換券をメールに添付して送ることも普及してきたようだ。

張静にとって、そういった日中両国の生活習慣の違いなど、コンビニの業務外のことに関しても、数々のあらたな発見に出会う毎日だった。

コンビニでは、忙しい時間と暇な時間がある。来店客が少ない時間帯は、ゴミの処理や商品棚の補充、在庫の整理、揚げ物を作ったりと仕事は沢山あるので、レジに立つのは一人だけにして、もう一人がそれらの裏方仕事を済ませるのだ。

顧客が三人も並んだら、レジを二人に増やして、お客さまをお待たせしないようにするのだと教わった。裏方の仕事の最中でも、手を止めてレジに入るルールだった。大連では、そんな細やかな対応を求められることはなかった。顧客が何人並んでいようと、休憩中は休憩する。

向こうでは、棚に並んだ卵には、生産日が書いてある。卵だから鶏が産んだ日だろう。こちらでは賞味期限が書いてある。店長からは、賞味期限や消費期限の説明を受けた。日本では食品の安全性に対する意識がとても高いのだという。法律も厳しいらしい。

万一、店の販売商品などが原因で、食中毒でも出ようものなら、営業停止などの行政処分が下り、厳しい再発防止計画の提出を求められ、再開後も店の信頼を回復するまでには、長い時間を要することになる。

賞味期限の少し前には、販売期限というものが別に設定されていて、販売期限が来ると、棚から商品を撤去しなくてはならないのだ。それもバイトの日々の仕事である。

もしも、販売期限を過ぎた商品の撤去が漏れていて、それを顧客がレジに持ってくると、会計時のバーコードで期限切れがチェックされて警告が出る。

店員は顧客に謝罪して、同じ商品の棚まで走って行き、販売期限内のものと交換し、会計を続けるのだという。

張静は、消費期限内だが販売期限を過ぎた食品は、売り物にならない訳だが、撤去したあとどうするのか店長に尋ねた。店長は、それは廃棄することになると答えた。

食品ロスの問題は、社会課題のひとつともなっていた。日頃の購買データを分析した適正な仕入れが、無駄をなくすことになる。季節や曜日、天気や気温、店周辺でのイベントや人口増加、競合店の影響、新商品やキャンペーンの展開など、さまざまな要素に左右されて来店客は増減し、購買商品も変化する。

それらのデータから、その日に最適な商品ラインナップと数量を予測するのだ。そのことが店の収益率向上にも繋がるわけで、本社から全国の各フランチャイジーに対して日々情報提供されていた。

一方、無駄を減らす視点に偏り過ぎると、品不足による売り切れが生じてしまう。顧客が欲しいものが店頭になく、購買機会を失ってしまうことによる損失の方が、小売店の経営にとっては大きな問題となる。そのバランスが大切なのだ。

だが、店長は、張静の質問の意図を何となく察してか、

「欲しければ、事務所で食べて帰ってもいいぞ」と笑いながら言った。

張静は、店長に意図を見透かされた気がして、少し恥ずかしそうにしながらも、内心では、これで食費がかなり浮くとほくそ笑んでいた。渡辺の祖母に、毎日おにぎりを作ってもらわなくても済む。そう思った。

その後は毎日、張静は、販売期限切れのあらゆる食品を食べるようになった。どれも美味しかった。弁当やおにぎり、パンや惣菜、時にはスイーツなど、販売している商品の多くの種類を食べ尽くした。バイト先にコンビニを選んだことは、思いもよらず生活費の節

約に繋がり、張静はそれを心から喜んだ。

日本のおにぎりは、大連の店頭で売られていたものとは全く種類が違った。同じ日系のコンビニでも、日本国内と大陸では販売商品が違うのだということを知った。その国の人達の味覚に合わせて、具材や味付けなどを変えているのだろう。使っている米の種類も違う気がした。

海苔とご飯を分離させて包装し、海苔のパリパリ感を保つおにぎりの包装形態は、大連でも同じだったが、日本のおにぎりの包装は、簡単かつ綺麗に剝ける。向こうのは、剝き方の手順は同じなのだが、包装の切り込みなどの作りが雑だからか、引っ張る部分が途中で切れたりして、大抵綺麗には剝けないのだ。

形や構造は真似していてそっくりでも、製造過程での細やかな品質管理の違いが両者を分けているのだろうと感じた。缶が潰れてへこんだコーヒーが店頭に並べられているようなこともない。

似たようなことを来日してからしばしば経験した。日本の品質管理や精巧なモノ作りの技術というのは、簡単には真似ができないものなのだろうと思った。

張静は、渡辺邸に帰って、コンビニで経験したことを祖母に話した。祖母は普段、滅多にコンビニには行かない。今回は、祖母の方が学ぶ話が多かった。

祖父は、その二人の会話を傍で聞いていて、楽しそうな様子に目を細めていた。

二十一

アドミ部隊の照井敦と船山聖奈は、中間決算の着地見込みについて、権堂社長と馬場役員への報告を午前中に済ませ、いつもの大衆食堂へ食事に出掛けるところだった。

ポイントがわかりやすい資料を準備していて、手際の良い聖奈の説明もあり、質問の数も少なく、予定していた時間よりも早く終わった。

ちょうどエレベーターを待っていた実践部隊の山下と七海も誘い、四人で少し早めのランチに向かった。山下が、今日は暑いし、まだ時間も早いので、いつもは混んでいて並ぶ中華屋まで足を延ばして、冷やし中華を食おうと言い出し、そうすることにした。

三人は醤油ダレで、七海だけが胡麻ダレを頼んだ。七海はミョウガが苦手で、聖奈の皿に自分の皿のミョウガを移し、舌を出して笑った。

照井から、ミョウガは美容にも良さそうだけどなぁと言われたが、みんなに悪いので嫌いな理由は話さなかった。

というのも、まだ幼い頃に祖母から、

「昔から、ミョウガは、便所の傍の土に生えていたのよ」と言われた記憶が強く、それはおそらく根拠のない、いわゆる都市伝説のようなものだと思うのだが、それ以来、七海はミョウガを食べなくなったのだ。


麺をすすりながら山下が言った。

「横浜のあしながおじさん捜しの件、名前でもわかれば何とかなりそうだがなぁ」

確かにそうであり、三人は頷いていた。

「しかし、名前がわかっている南関東信用金庫の五十嵐渚の住まいが判明したとしても、その後が大変だよなぁ」と続けた。

社員同士の会話でも、『大変』とは言っても『難しい』とは言わない。それを言うと権堂が鬼になるので、日頃からそれを言わない習慣が身に付いているのだ。

「共有ファイルで、梅森探偵社からのアドバイスも読んだけど、梅森社長の言う、多少回り道をしても、一回で無理に決着をつけようとせず、待つことも必要だし、段階的に最終目的へ向かっていく根気も大事だってあっただろ？　あれはどういう意図なんだろうなぁ」と、山下はさらに続けた。

　照井も、その記述には引っかかっていた。トラバイス社内では、共有ファイルへの入力内容をシンプルにまとめることが求められていたが、記載者の感性に照らして気になることは、漏れなく入力することになっていた。たぶん、記載したネットワーク部隊の太田が、梅森社長のその言葉に、何か引っかかるものを感じたのだろう。

　トラバイス社の社員らは、そういったひとつの記述や言葉から、行間に隠れたさまざまなヒントを読み取ろうとする習性が養われていた。

　この梅森アドバイスについて、照井と太田は、既に社内で一度話し合っていた。梅森との窓口となっている太田によると、権堂は安田弁護士を通じて、人捜しのプロである梅森に、人を捜すことそのものには乗り出さず、人を捜すというケースでのノウハウや思考をトラバイス社の社員に伝授することを望んだのではないかと言っていた。

　つまり、この梅森アドバイスは、人捜しのコツのようなことを暗に示唆するもののような気がすると太田は言うのだ。

　共有ファイルの報告で、このアドバイス記述部分が、どうしても浮き上がって見える。山下や照井が感じたその違和感は、太田が感じた梅森社長による『教育的な示唆』のせいなのかも知れない。二人はそう思った。

特にアドミ部隊の照井は、理論的に物事を考えるタイプで、回り道をあまり好まないところがあった。最終的な目的を見据えた、それに直結する思考や行動を重視し、可能であれば、段階的にというよりは、一気に課題解決まで持っていきたいという、ある意味で合理的な考え方だった。

最終的な景色はまだ見えていないが、行動することによってあらたな景色が見えることがあるのだが、照井は、プランの段階でしっかりとした仮説を立て、それに基づいた計画的な行動こそが大事なのだと思っている。

他の社員から、照井のその思考の深さは信頼を得ていたが、どちらかというと、社内では珍しいタイプとも言えた。だが、社員それぞれが持つ特徴を活かして、総力戦で課題解決に向かえるところが、トラバイス社の強みとも言えた。

百貨店にモノを買いに行く時、他の社員は、目的のモノが陳列してある場所に辿り着くまでに、途中の売り場を眺めたりしながらフロアを移動する。それは言ってみれば百貨店側の戦略にハマった行為なのかも知れない。売る側は、そうやって展示品やフロアレイアウトを考え、多数の魅力的な商品が、顧客の眼に触れるよう考えているわけだ。そしてそのことによって、予定していなかった商品を手に取るようなこともある。

だが、照井は違った。社員からは『売り場直行型』と言われていた。目的の売り場めがけてまっしぐらに進む。周りの無駄な商品は眼に入らないようなところがあった。

そんなわけで、照井は、梅森アドバイスが示す示唆的なものを感じつつも、それがイメージできる感性を持ち合わせていなかった。そんな時、照井は迷わず自ら一歩引く。自分よりも他の社員の感性に頼ることが、解決に繋がると考える。逃げるわけではない。仲間をリスペクトし、仲間の感性を信頼し、決して独りよがりでモノを考えたりはしないし、自分の考えこそ正しいというふうな、歪んだプライドのようなものも一切ないのだ。

段階的に目的に迫る根気というワードは、栗田七海の感性を少しだけ揺り動かしていた。『くるみはうす』に行った帰り、太田が梅森探偵社に寄って戻って来た時に聞いた、「逃げたり、隠れたりする人を捜す難易度は高い。そうでない人を捜す難易度は、それより低い」という梅森の言葉と、このワードを結び付けていた。

七海の意識の中で、梅森社長は、あしながおじさんは逃げ隠れしないから、いたずらに急ぐことはない。時間をかけても大丈夫だ。決して焦って早まらなくても、待てば事態が前進することもあると言っているような気がしていた。

そうやって、七海は感性の赴くままに物事を自身で解釈して消化し、それによって得た事柄を毎回自身の胸に刻み付けるようなところがあった。それが、後になって活きてきて、判断の元になったり、あるいは全くの誤解や見当違いな結論に行きついてしまうこともある。

だが、感性を信じた末に、結果的には役に立たなかったようなことを悔いることなど全くなく、それは直ぐに綺麗さっぱり忘れてしまうのだった。

二十二

今日の企画会議では、あしながおじさん捜しについて、今後の進め方が議論された。ネットワーク部隊の太田、実践部隊の七海、アドミ部隊の聖奈が中心となって、これまでの検討経過や、まずはあしながおじさんが引き出した現金を扱ったと思われる南関東信用金庫の五十嵐渚との接触にトライし、彼女の自宅訪問も含めて進めることを報告した。

元来『売り場直行型』の照井が、最終的に対象者の所在確認までのプランは描けていないものの、ここは段階的に進めるしかないと思うと言った。珍しいことだが、照井は、他のメンバーを信頼しているのだ。

会議の最後に、

「では引き続き、みんなで知恵を絞りながら行動を続けてくれ」と権堂が言った。

いつもだと、時間を切って、次回までの進め方を指示してきたりするのだが、今回珍しく権堂はそうは言わなかった。

七海は、その言動と梅森アドバイスを重ね合わせ、権堂も、急ぐ必要などないということを伝えようとしているように感じた。


太田と七海と聖奈は、明日、鎌倉市立図書館へ出掛けて電話帳を閲覧し、ＳＮＳの写真などから絞り込んだ町名に居住する、五十嵐の自宅を特定するための役割分担などについて話していた。

図書館へは太田が出向き、信用金庫ＯＧで社内事情にも詳しい聖奈が鎌倉支店に出向くことにした。五十嵐渚が写真の人物に間違いないかを確認したい意図もあったが、聖奈と七海には、それ以外に別の考えがあった。

五十嵐渚があしながおじさんのことを知っているとしたら、やはり一度は、今回の依頼事項について話をしてみるべきだと思ったのだ。個人情報を口外するのは罪だが、今回のケースは誰かに悪意があるような話ではない。だが、五十嵐の口が堅いことは容易に想像できる。

聖奈と七海は、一回で聞き出せなくても、粘り強く接触を繰り返すことで、五十嵐が口を開いてくれる可能性があるのではないかと考えていた。それこそ、三顧の礼ではないが、梅森社長が言っていた段階的なアプローチだ。

まずは二人が五十嵐に会って少しでも会話を交わせば、あしながおじさんのことを、五十嵐が知っているのか記憶にないのかは、必ず判断できるとの自信があった。二人の感性は鋭いのだ。


翌日、太田は図書館で市内の電話帳を閲覧し、五十嵐という姓の家を調べていた。電話帳に掲載されている五十嵐という世帯は、鎌倉市内に四十軒あった。聖奈の暗算はほぼ正しいことがわかった。だが、絞り込んだ町名に所在する五十嵐は居なかった。

太田は、例の公園から半径百メートルの範囲の町名を、半径五百メートルに拡げて調べてみたが、その町名に該当する五十嵐邸はやはり無かった。ということは、五十嵐渚の自宅は、そもそも電話帳に載っていないのかも知れない。そう思った。

聖奈と七海は、昼前に鎌倉支店に到着していた。支店内に入ると、聖奈は七海に長椅子で待つように言い、案内係の札を付けた年配の男性と何やら話をしている。係に名刺を渡したりしていた。

店内には、十数人の来店客がいた。暫くすると、聖奈は七海のところに戻って来て、

「五十嵐さんって社員、あの1番の窓口にいる若い人よ」と言い、

「一時から昼休みに入るらしいので、時間もあるから出直すことにしようね」と言った。

窓口の若い女性を遠巻きに見た二人は、ＳＮＳの写真に写った女性の髪型とよく似ていると感じた。

近くの喫茶店で待機し、そこでついでにパンケーキとレモンティーを頼み、昼食を済ませることにした。大仕事の前で緊張しがちだが、こういう時でもこの二人は切り替えが早い。食欲もある。腹が据わっているのだ。

食事中に、図書館に行っている太田からメールが来た。地図上で、例の公園からの範囲を拡げて町名を調べ、かなり広範囲の住所で電話帳と照らし合わせてみたが、五十嵐という所帯は近くには見つからないというのだ。心配していたように五十嵐家は、電話帳に番号を掲載していないのだと思った。

七海は太田からのメールを読むと、パンケーキのフォークをくわえたまま、上目遣いで天井を見つめていた。聖奈はいつも突然始まる七海のその仕草を見て、暫くの間、息を殺して話し掛けずにじっとしていた。

暫くすると、七海は太田にメールで返信し始めた。よくよく考えたら、電話帳なんかに頼らないで、公園周辺の住宅地図を調べて、半径三百メートルぐらいの場所に、五十嵐邸がないか調べればいいのではないかと打ち送信した。

そもそも梅森探偵社から聞いた、電話帳による捜索を考えていたが、かなり狭い範囲まで場所が絞られている今回のケースでは、地図から入る方が効果的だ。

住所から逆引きするよりは手間が掛かるが、図書館に住宅地図があれば調べてみて欲しいと頼んだ。そして、そのメールの画面を聖奈に見せた。

「確かにそうね。電話帳に載らない家はあっても、住宅地図に載らない家はないもん」

聖奈はそう言った。

二人は、喫茶店を出て支店に向かい、裏口から出て来た五十嵐渚と対面した。案内係から渡された聖奈の名刺を手に持っていて、何のご用件かと怪訝な顔をしていた。

トラバイス社に知名度はないし、ヒツジのロゴが入っていて、お困り事は何でもご相談下さいと名刺に書いてある。いったい何の会社だろうと思っただろう。

ここからは、七海が対応した。実は、半年ほど前に、ある男性がこの鎌倉支店で五百万円の現金を口座から下ろしたのだが、ご記憶があるかと聞いた。

予想通り、五十嵐は、お客さまとのお取引の情報はお教えできないと言った。七海は、お金を下ろしたその男性を捜している人がいて、見つけられずに大変困っているのだと話した。捜している人は、とても心の優しい善良な人だと伝えた。私達は、その人から頼まれて、五十嵐さんに辿り着いたとも言った。その経緯はあえて話さなかった。それも考えた作戦のひとつだった。

五十嵐は、とにかく、お客さまの情報は話せないのでごめんなさいと言った。そう言いながら、聖奈の名刺を返そうとしてはこなかった。二人は、それだけ聞いて、それ以上突っ込むことはせず、面会のお礼を言って五十嵐と別れた。


「七海、どう思った？」聖奈が薄笑いを浮かべながら言った。

「あの子、間違いなく知ってるね」と七海が言い、聖奈も頷いている。

何といっても、二人の感性は鋭い。現金を引き出した男性と言ったことには反応していなかったので、あしながおじさんは、やはり男性だろう。あしながおばさんではない。封筒に入っていた手紙の達筆な文字は、やはり年配の男性のものだと思われる。

五十嵐は、顧客情報は話せないの一点張りで、半年前のことだから覚えていないとは一言も言わなかった。規則によるものとの理由で通そうとする意図が見えた。突っ込まれて、少しでも余計なことを喋ると、ボロを出しそうで警戒しているような雰囲気を感じた。

聖奈によると、信用金庫では高額なキャッシュで受け取ることを希望する個人のお客さまはとても珍しい。多額の資金は、大抵は振り込みで対応するものだという。だから、現金での受け取りを求める顧客には、その理由も必ず聞くことになっているし、詐欺の被害者となっているようなケースもあるので、特に注意する。

取り扱いの多い都心の支店でもないから、なおさら覚えているはずだと言う。聖奈のように人間離れした記憶力などなくてもだ。

聖奈は、窓口業務に就いていた五十嵐渚の顔写真を、いつの間にかスマホで撮影していた。こうして、二人の支店訪問で計画していたことは、ひと通り達成できた。

せっかく鎌倉まで来たのだし、七海は例の公園を探して寄ってみたいと言った。地図を見ながら材木座海岸の方に向かって歩き、二キロほど行ったところで例の公園を見つけることができた。

中に入り、SNSに写っていたアングルを探しながら、遊歩道を進んだ。その時間、犬の散歩をしている人には会わなかった。ちょうど遠くにゴルフ練習場のネットが見えるアングルから、例の写真が撮られた場所に辿り着いた。

「ここで撮った写真に間違いないね。ここのベンチのあたりからだね」七海は言った。

遠巻きに撮った、コリー犬と五十嵐渚の後ろ姿の写真を、自分で撮ることはできない。誰かに撮ってもらったものだ。だから、犬の散歩に来た五十嵐渚は、誰かと一緒にいたことになる。

人に撮ってもらった写真の画像を転送してもらって、SNSにアップしたとなると、撮影者は親しい人だと思われる。本人は、勤務先の規定で顧客情報をやたらに漏らしたりはしないだろうが、家族や親しい友人になら、固有名詞まではともかく、その日の出来事として話題に出しているようなこともあるかも知れない。

そんなことを話しながら、二人は次の五十嵐渚へのアタックの機会を待つことにしていた。今日の接触で、既に仕込みは済んでいた。

二十三

七海と聖奈が社に戻ると、既に太田も戻って来ていて、アドミ部隊の照井とデスクに地図を広げて二人で打ち合わせ中だった。オフィスに入って来た二人を見て、太田が振り向いて嬉しそうに笑った。

その表情を見て、七海と聖奈は、太田が恐らく鎌倉での調査で、有益な情報を掴んできたのだろうと感じた。

太田は、

「五十嵐邸の場所わかったぞ。七海が言う通り、住宅地図を見たら直ぐに見つけられた。図書館を出て、帰りに家の前まで行ってきたよ」

七海と聖奈は、顔を見合わせてほほ笑んだ。

「やりましたね、太田さん！　それで、彼は、そこにいたの？」

「『彼』はいなかったけど、『彼女』がいたぞ」太田は笑いながらそう言った。

五十嵐邸は、公園から歩いて十分ぐらいのところにある二階建ての和風建築で、とても広い敷地の大きな家だった。太田は、撮ってきた五十嵐邸の写真を二人に見せた。庭園のような敷地の中に、母屋と離れがある。庭には石灯篭が建っていて、美しい形をした大きな松の木もある。錦鯉でも泳いでいそうな池があったり、由緒ある立派なお屋敷といった雰囲気だった。五十嵐渚は鎌倉育ちの、いわば深窓の令嬢だったのだ。

庭の奥には、犬小屋があって、そこには太田が『彼女』と言った、大きなコリー犬が写っていた。SNSの散歩の写真に写っていたコリー犬に間違いない。

太田は、近所の人に聞き込みもしてきたという。犬の散歩をしていたその奥さんは、この辺りに古くから住む人だと言っていた。

五十嵐家のご主人は、湯河原で大きな旅館を経営しているらしい。現在、事業は同居しているご長男に任せているとのことだ。長男夫婦には一人娘がいるという。それが渚ということだった。

「随分と立派で可愛らしいワンちゃんですね」

太田は、コリー犬の話題に繋げようと、その犬を褒めた。

「セントバーナードで、もう八歳だからおじいちゃんね」そう言いながら、太田の思惑通り、五十嵐家の犬の話を奥さんの方からし始めた。

「五十嵐さんのところは雌のコリー犬だけど、最近では、毎朝お手伝いさんが散歩に連れて行っているみたい。でも日曜日だけは、お嬢さんが連れて歩いているのをよく見かけるわね」そう言った。

これらの話を聞いた七海は、信用金庫の帰りに聖奈と一度行ってみた、例の公園のベンチを思い浮かべていた。コリー犬を連れた五十嵐渚と、同世代のやはり犬を連れた女性が、ベンチに並んで座っているイメージが、脳裏に湧き上がっていた。それは、天気の良い日曜日の朝の公園の風景だ。

信用金庫まで、五十嵐渚に会いに行くと決めた際、アドミ部隊の照井から言われたことを思い返していた。人の心情にまでも踏み込み、緻密な思考が得意な照井の話には、七海も聖奈も、そして太田も説得力を感じていた。

照井は、五十嵐渚の心情に、疑問や疑念など、人間の知りたい欲求を刺激する、一部の情報だけを与えることで、感情の変化を促したいと言った。

謎の正体を知りたいと思い始めると、頭から離れなくなったりすることがある。それによる渚の心情の変化が、決定打になることは考えにくいが、局面打開の可能性を感じるということだった。

渚は、五百万の現金を引き出した男性を捜している善良な人がいて、その人は困っているという情報だけから、さまざまな事情に想いを巡らせているはずだ。

そして、女性二人が東京から自分の所在を突き止めて会いに来た。どうしてそのようなことができたのか。男性はどうしているのか。本当の金の使い道は何だったのか。捜している善良な人は、どうして困っているのか。

自分が知っていることを話すことで、誰かが救われるのか。だが自分には関係ない。業務上のルールは全てに優先する。いや、人を救う為で、誰かに迷惑が掛かるようなことでなければ、ルールを曲げても人の道を優先するべきか。


これらさまざまな想いが、渚の心中に去来しているかも知れない。そして、そのうち我慢できずに、名刺をもらった船山聖奈宛てに、事情を聞くため電話を架けてくる可能性があるかも知れない。東京から来た二人の女性に怪しい雰囲気は全くなかった。ひとりは同じ金庫のOGだとも言っていた。渚の警戒感は決して強いものではなかった。

今回の企画会議では、あしながおじさん捜しの件についても、短時間だが議論された。ここまでの情報から、聖奈が渡した名刺を元に、五十嵐渚の方から何らかのアプローチがある可能性も考えられるから、他の案件と並行して、時間を掛けて取り組むこととなった。

権堂の反応は、やはり急ぐ必要はないことを示唆しているように感じられた。

ただ、依頼人への経過報告は必要だから、待つだけで動きを止めている訳にはいかないことから、集中した取り組みではなく、実践部隊により地道に五十嵐渚のフォローを継続することになった。


鎌倉にある五十嵐の自宅の場所を突き止めることはできたが、例の公園がポイントのような気がした七海は、休日だから申し訳ないが、鎌倉まで一番近くに住んでいる実践部隊の坂井にお願いしたいことがあると発言した。

いつも、臆することなく大胆な意見を出してくる七海のことであり、しかも休日返上というオマケ付きだから、名指しされた坂井は、嫌な予感で固まっていた。


七海は、天気の良い日に限り、例の公園のベンチに毎週日曜日に行けば、コリー犬を連れた五十嵐渚と、SNSの写真を撮った親しい知人と接触できるのではないかと考えたらしい。その知人との接触が、五十嵐渚の口を開かせるきっかけになる気がすると言う。

聖奈も、太田も、照井も、それは確かに面白い考えだと、無責任に言って笑いながら頷いている。みんな、坂井が休日に何をしているのかよく知っているからだ。

坂井は、

「七海から頼まれたら仕方ないなぁ」と言い、自宅の川崎からだと遠くはないからやってみると引き受けてくれた。

日曜日の坂井は、必ず早起きして、朝からウインズ川崎に出向いて競馬を楽しんでいるので、鎌倉の公園で早朝仕事を済ませ、戻る途中でウインズ横浜に寄ればいいだけだと考えていた。第一レースの発走時刻にも余裕で間に合う。


そんな訳で、前日土曜日の夜から、馬場状態を予想に反映させるためにチェックしていた翌日の天気は、鎌倉の公園への出動可否判断の為との目的が追加され、探す対象の動物も、勝馬の他にコリー犬が追加されることになった。

坂井は、聖奈から五十嵐渚の顔写真、コリー犬が写ったSNSの写真、公園の場所とベンチの正確な位置情報をデータで受け取り、今週末から早速行動を始めると言った。

二十四

太田は、提携先開拓営業の帰りに梅森探偵社に寄り、あしながおじさん捜しの進捗状況を梅森社長に報告していた。動いていく中で、次々と新しい切り口を模索して前進し、五十嵐渚まで辿り着いたトラバイス社のメンバーによる、これまでの仕事を評価してくれた。よく鍛えられているとも言ってくれた。

鎌倉の五十嵐渚との接点を探り、公園で写真を撮った親しい人だと思われる人物を特定し、そこを経由あるいは利用して、五十嵐渚の口を開かせる算段だろう。

あしながおじさんの氏名を引き出すことさえできれば、その後の動きにも選択肢が増えてくるだろうから、それはなかなか良い視点だとのコメントももらった。

一方、トラバイス社の社員は、鎌倉支店で現金を下ろした人物が、横浜の児童養護施設に匿名の寄付をした点に、何の疑問も持たないのかとも言った。動機や事情がなければ、そんな遠くの施設だけを対象に寄付などしないはずだ。

長年にわたり、刑事畑を歩いてきた梅森は、動機の解明こそ捜査の基本だと考えていた。

トラバイス社社員の、物事の繋がりに着眼したり、それを鋭い視点で次の行動に結びつける感覚は想像以上だが、動機の部分を軽視しているように見えるから、その点は感心しないとも言った。

太田は社に戻り、共有ファイルに、今回の梅森探偵社訪問で得た追加のアドバイスを入力した。それを読んだ実践部隊の山下雅信は、動機の部分に絞った仮説について思考を巡らせていた。

何故、あしながおじさんは横浜の施設に寄付をしたのか。その理由は何か。何故、半年前のその時期に寄付をしたのか。どんな事情があったのか。何故、匿名にしたのか。名乗れないどんな事情があったのか。これらを解明するための情報は、『くるみはうす』にこそあるのではないか。そう思った。

山下は、自分の考えについて『くるみはうす』の青山施設長と面識のある太田に話し、再度一緒に施設を訪問することにした。山下は、青山施設長が気付いていない、匿名で多額の寄付をしてくれる可能性がある人の情報が、施設内にあるはずだと思っていた。トラバイス社は、まだその部分を掘り下げてはいないのだ。

翌週、山下と太田の二人は、朝から『くるみはうす』を訪れていた。青山施設長に挨拶し、早速ヒアリングを始めた。

青山は、太田から訪問のアポ取り電話を受けてからも、多額の寄付をしてくれそうな人を色々と考えてみたという。施設の運営に理解を示し、支援してくれている人は大勢いるが、今回のように多額な現金での支援は、開設以来三十年経つが、今まで経験がないとのことだった。神奈川県内には二十余りの施設があるそうだが、その中で『くるみはうす』が寄付の対象となったことには、確かに何か理由があるはずだった。

山下は、多額の現金で寄付をしてくれた人のプロファイルをイメージしていた。資金に余裕のある人だろうと思った。『くるみはうす』で子供を預かっている親の多くは、虐待や経済的な理由などによって子供と同居できなかったり、子供を養育できなかったりといった事情を抱えていることがほとんどだった。元々、実の親がわからなかったり行方不明になっているような子供達もいた。

そのようなことから、青山は入所している子供との親子関係に関連した寄付とは考えにくいと思っているようだった。だから、心当たりがないのだろうと山下は感じていた。

入所者との関係以外で、例えば『くるみはうす』周辺の地域社会で、支援が期待できる資金力があるような団体や法人などについても心当たりがないか山下は尋ねたが、青山はどうもピンとこない表情だった。

太田の方は、現金の封筒に入っていた手紙の文言や、早朝に施設の郵便受けに入れて立ち去るといったやり方から、今回のケースは団体や法人によるものではなく、あくまで個人による行動ではないかと思っていた。

二人は、青山との会話によってヒントを見出すことが出来ないことから、施設で保管されている、入所者とその親の個人情報や入所理由と背景など、センシティブ情報についても開示して欲しいと頼み、了解を得た。

青山施設長の席の後ろには、施錠されたストレージがあり、鍵を開けて保管資料を見せてもらった。現在入所している三十人の子供達の名前が背表紙に書かれた、それぞれの分厚いファイルが並んでいた。

ファイルからは、その子供の生い立ちや、親族関連事項、過去のトラブル、入所以降の成長の記録などが見て取れた。この中の何処かに、あしながおじさんの素性に辿り着くためのヒントがあるのだろうか。それにしても膨大な記録だった。

太田は、それらの閲覧の許可を特別に得たものの、全てに目を通すには相当な時間を要するから、一時的に借用できないか青山に尋ねた。無理もないことだが、施設外に持ち出すことは絶対に駄目だという。施設内の会議室での閲覧に限り許可するとのことだ。やむを得ず、何日かに分けて閲覧に伺いたいと言うと、青山が在席している日に限って、事前に連絡をくれれば鍵を渡すので来て下さいと言われた。

太田が青山と話している間も、山下は五十音順のファイルの最初に並んだ『浅田孝一』というファイルを読んでいた。調査に来たことも忘れ、その子の悲しい生い立ちや、指導員と保育士によるサポートによって、着実に成長していく様子について、まるで物語でも読んでいるかのような心持ちで読み進めていた。心を痛めつつも『くるみはうす』のような施設に、大きな存在意義を感じていた。

「山下、今日はここまでにして出直すぞ」

太田からそう声を掛けられて、山下はファイルを閉じ、保管場所へ丁寧に収めた。

太田と山下には、あの膨大な資料をつぶさに調べて、ヒントを得る作業のイメージがなかなか湧いてこなかった。二人は社に戻って、山下が共有ファイルに施設で確認してきたことの概要を入力した。

翌日の企画会議では、五十嵐渚のフォローと同時並行して、『くるみはうす』の資料からヒントを探るというプランに、権堂も同意した。

権堂は、次回以降は本来の役割分担である実践部隊の山下と七海に、時間がある日を選んで施設長とアポを取り、『くるみはうす』に行って、ヒントの探り方のアイデアを現場で練ってこいとも言った。

七海は、

「船山さんも連れて行きたいです」と言い、会議参加者全員が納得し頷いていた。

全員の納得と、七海が聖奈を指名した理由は同じだった。聖奈の並外れた記憶力や速読という優れた能力を全員がよく知っているからであった。

膨大な資料の閲覧にはもってこいの能力であり、そこに七海の感性が加われば、何か新しい展開に繋がるような予感がした。

二十五

張静は、留学先である大学の授業とコンビニでのアルバイト、渡辺の祖父母との生活で、充実した日々を送っていた。大学では、日本人の学生との交流機会にも積極的に参加したい気持ちはあったのだが、人付き合いに少し奥手なところがある張静には、その輪に入ることがなかなかできずにいた。

そんな時、店で買ったパンと飲み物を持って、大学キャンパスの芝生の方へ歩いて行くと、大きな欅の脇の芝生の上にハンカチを敷いて、ひとりで食べている女の子を見つけた。その子が食べている惣菜パンは、最近発売された新作で、バイト先のコンビニで売っている商品だった。それがスパイシーでとても美味しく人気があることを、販売期限切れの商品を食べていた張静はよく知っていたのだ。

張静は、一緒に食べませんかと話しかけ、その子の隣に座ろうとした。その子は、自分のパンが入っていたビニール袋を広げて、

「これで良かったら使えば？」と言って、笑いながら自分の隣に敷いてくれた。

日本人は、大抵ハンカチを持ち歩いている。大連とは違った。中国では、ハンカチを持ち歩く習慣はなかった。だから大抵の都市にあるトイレでは、必ず手を拭くためのペーパータオルや温風乾燥機が設置されている。

張静は、この惣菜パンは、自分がアルバイトしているコンビニの新作で、とても人気の商品だと話したりした。二人は初対面でありながら、お互いに自分自身のことをたくさん話した。そして、それぞれが好感を持ち、相手に心を許していることを自覚した。連絡先も交換した。

これが、その後の留学期間で、張静の親友となる北川真理との最初の出会いとなった。長野県出身の彼女は、大学がある池袋から近い目白に、ワンルームマンションを借りて住んでいた。

松本から、新潟方面へとさらに北へ向かう大糸線沿線の小谷村が、北川真理の郷里だった。白馬山麓の小さな村だ。県立高校を卒業するまで、両親とずっとそこで暮らし、この大学に入学して初めて上京したとのことだった。

北川真理は、読書や映画鑑賞、自分で詩を書いたりするのが趣味で、昔から多くの友達と群れるようなタイプではないという。旅行にも行きたいが、一人旅の方が誰かに気を遣う必要もないから好きだと言った。

入学してから、自分の趣味に合ったサークルなども探してみたが、入会には少し尻込みしているようなところがあった。そういうところでは、真理と張静はよく似ていた。

運動は、あまり得意ではないが、生まれ育ったのは雪深い場所であり、幼い頃からスキーだけは苦手ではなかった。ゲレンデのリフト乗り場まで、家からスキーを担いで歩いて行けた。

なので、以前は両親が民宿をやっていて、毎年多くのスキー客を受け入れたが、数年前から民宿は閉め、両親ともスキー場関連の施設で働いていた。

中学に上がった頃には、母親にお使いを頼まれ、隣村の栂池高原にあった親戚の家まで、リュックを背負ってスキーで往復したりもしていた。


一方の張静は、遼寧省の農村部出身であり、冬季はマイナス三十度にもなる気候の中で育った。やはり運動は苦手だったが、幼い頃から湖に厚く張った氷の上で、毎年スケートを楽しむのは好きだった。

そんな訳で、二人に共通の趣味はなかったが、冬の過ごし方に限れば、似通った経験があったといえばあった。二人にとって、洗練された大都会の雰囲気と、四季の豊かな風情を併せ持ち、人とモノが溢れる東京での生活は、とても魅力的なものだった。

張静は、北川真理と知り合ったことで、また、あたらしい楽しみがひとつ増えた気分だった。授業の帰りに、二人で都内を歩き回ったりした。

真理は、張静が今まで映画館で映画を観たことがないというのを聞いて、池袋のシネコンに誘った。映画は、やはり大きなスクリーンで観るのがいい。

真理は、洋画や邦画やアニメなど、ジャンルにかかわらず、封切られた新作の多くを観ていた。長野の地元の映画館で新作が上映されるのは、少し時間差もあったが、東京では観たい新作がすぐに観られ、同じ時期に何本もの作品が同時上映されていて、まさによりどりみどりだった。

それほど日本語が上手くはない張静でも楽しめる作品をと考え、ハリウッド映画の字幕上映などよりは、日本語吹き替え上映の作品を選んで誘った。あまり複雑なストーリーのものは避け、ディズニーやジブリの名作などを観に行ったりした。

張静は、日本語の勉強になるだけでなく、真理の選んでくれる作品は、どれも楽しめることから、今度はいつ行く？　と毎回言った。

多額の留学資金なども必要であり、あまり贅沢をするわけにはいかなかったが、映画館に行くのが楽しみのひとつになっていた。

この日は午前中、渡辺の祖母に呼ばれて、船山聖奈が高円寺の渡辺邸に来ていた。張静は、朝からコンビニへバイトに行っていて不在だった。午後には戻って来て、今日は授業は休みだという。祖母は、午後から予定を空けておくように話してあるらしい。

来週、張静は二十歳になるので、誕生日プレゼントに何か買ってやりたいのだと言う。欲しいものを本人に聞くのもいいが、夫妻は考えた末に、聖奈に相談することにしたらしい。

祖母は言った。

「張静は、あまりオシャレに興味がないみたいなんだけど、何だかいつも向こうで着ていたような同じ服を着ているし、新しい服でも買ってあげようと思うのだけど、どうかしら?」

聖奈も、確かにその辺りは気にはなっていた。権堂社長の娘さんから譲り受けて運んできたドレッサーに、聖奈が入れておいた化粧道具なども使っている形跡がない。

来日後、よくメールで相談は受けていたが、オシャレに関する話は一度もなかった。そんな訳で、聖奈は渡辺の祖母の意向を汲み、張静を連れ出して買い物に行くことにした。祖母からは、少し多過ぎるぐらいの資金を預かった。もしもお金が余ったら、聖奈も好きな服を買っていいと言われたが、クライアントにモノを買ってもらうなど滅相もないことだ。今日の訪問や張静の買い物に付き合うことも、聖奈にとっては仕事であり、トラバイス社から請求する手数料に含まれているのだ。

こうして、聖奈は張静を連れて新宿まで行くことになった。二人だけで出掛けるのは初めてだった。張静は友達ができたことや、彼女と何度も映画を観に行ったこと、アルバイト先での仕事のことなど、道々、最近の出来事を楽しそうに聖奈に話した。

街は秋も深まっていて、中央線の車内の人達の装いも、秋冬モードになっていた。今日は、祖母からの依頼で、少し早いが誕生日プレゼントに、素敵な洋服を一緒に買いに行くのだと聞いた張静は、祖母と聖奈に感謝し、とても喜んでいた。

洋服を買ってくれると聞いた張静は、車内の人達の装いをあらためて眺めると、みんな黒やベージュ、ブラウンやグレーなど、落ち着いた色合いの服を身に着けている。張静が着ているのは、お気に入りのピンク色のセーターで、車内では完全に浮いている。

そういうことを今まで考えたことがなかったが、電車を降りて街を歩いている間も、色合いだけを見る限り、すれ違う雑踏にピンク色を見つけることは出来なかった。

店に着いた。高級品は避け、種類や色合いが豊富で、ちょうどバーゲンセールをやっている量販店を選び、まずは二人で広い店内を一階から順番に回って行った。聖奈が手に取って見ている服と、張静が惹かれる商品は、どうしても色やタイプが全く違う。

二人は、二時間近く店内を物色して何度も試着し、スキニーパンツやジーンズ、暖かそうなベージュのアウター、カシミヤセーターやパーカー、マフラーやキャメル色のハーフコートなど、張静が気軽に着られそうなラフな感じのモノを中心に、十点近くも購入した。張静は、聖奈が選んでくれたもの全てを気に入っていた。その中に、もしも自分ひとりで来ていたら買っただろうと思うものはひとつもなかった。

ただ、ひとつだけ張静自身が欲しくて、自分で選んだものがあった。花柄でピンク色のハンカチだった。真理のように、ハンカチを持ち歩く習慣を始めたかった。だが、好きなのはやはりピンク色だった。

その後、買った袋を預けて、美容院やネイルサロンにも寄って、新しい眼鏡も購入し、小物やスニーカーなども買った。張静は、回ったお店の場所を、その都度地図アプリでチェックして、スマホに記録していた。池袋の大学の通学経路にあたる新宿に来たのは、次からは自分ひとりで来られるようにとの聖奈の思惑があった。

高円寺の渡辺邸に戻った二人は、祖母に御礼を言い、買ってきた服を着て見せた。祖父もリビングに下りてきて、素敵な二十歳のお嬢さんに見えると言って喜んでいる。

聖奈は、キッチンでお茶を淹れている祖母に、預かった資金で余ったお金、レシートを渡した。

祖母は、

「流石、船山さんはセンスいいわね！　ありがとう！」と言って笑った。

祖父は、

「このモコモコのジャンパーは、暖かそうでいいね。カシミヤのセーターなんかも、オシャレな感じだね。いくらぐらいするものなんだ？」と聞くと、

「そんな無粋なこと言わないで下さいよ」と言って祖母は笑った。

聖奈は、

「モコモコのヤツは、税込み四千九百八十円でベトナム製、カシミヤセーターは

五千九百八十円で中国製です。二割引だったので、定価は六千八百円の品ですね。化織が20％入っている品物です」などと続け、聞かれた品物の値段を全て空で言った。

レシートを見ながら、祖母は彼女が答える品物と金額を無意識に目で追ったが、全てが正確だった。聖奈の能力など知らない三人は、その記憶力の凄さに驚いていた。

翌日から張静は、全身新しい服を身に着け、今まで長年使っていた飴色の眼鏡はやめ、新調した大きな黒い丸眼鏡をかけて、颯爽と学校に通った。早く真理に会って、イメージチェンジした自分の姿を見せたいと心を躍らせていた。

二十六

実践部隊の山下雅信と栗田七海は、アドミ部隊の船山聖奈の応援ももらい、三人で『くるみはうす』まで保管資料を調べに来ていた。

青山施設長が、事前に大量の保管資料を会議室に移してくれていて、五つ並べた長机の上に、入所者別の個人ファイルなどが広げられていた。前回の訪問で資料を目にしていた山下は、これが現在の入所者である三十人の子供達に関わる個人情報が記載された資料であることを七海と聖奈に説明した。

三人は、この膨大な資料を元にして、これからどのような段取りでヒントを探していこうか思案していた。

七海が、

「個人毎の、入所から現在までの詳細な情報は、このファイルでわかるんだろうけど、この他に、どんな資料があるんですか？」と山下に尋ねた。

山下は、これ以外の過去の資料は、倉庫に段ボールで保管されているらしいと答えた。

まずは、施設長に頼んで倉庫に案内してもらうことにした。


倉庫部屋は、想像していたよりかなり広く、背の高い棚が並んでいて、段ボールに内容物のタイトルがマジックで書かれている。『個人記録』と表示された箱には、子供の個人名が書かれ、過去に入所していて、既に退所した子供達の記録だった。

現在の入所者が退所すると、その子供のファイルを事務室のストレージから段ボールに箱詰めして、この倉庫の棚に移すのだという。設立して三十年もの間、『くるみはうす』が預かり、育ててきた子供達がどれほどのものか、その箱の数の多さが物語っていた。

七海は、倉庫の奥の方まで行き、所内のイベントで使ったような飾りつけなどが詰め込まれている段ボールや、子供達が作った創作品や画用紙を丸めて入れた箱など、通路にいくつも置かれている保管物を掻き分けて進んで行った。

すると、入口の反対側にある棚に並んでいる箱のタイトルに『日報』というのを見つけた。施設長によると、毎日その日にあった出来事などを当番が記載している日誌で、施設長への報告も兼ねた資料とのことだ。役所からの問い合わせ履歴や、トラブルなども記録されているという。

その段ボールは、『個人記録』の何倍もの数があった。事務室のストレージがいっぱいになると、月毎に箱詰めしてこの倉庫に移すのだという。タイトル欄には記録の該当年月が表記されていて順番に並んでいた。

会議室に戻って、聖奈は『日報』の方に目を通していた。細かいことまで書いてあった。訪問者や電話での問い合わせなどの記述もあった。

五百万円の寄付があったという、五月十二日の日報から開いて読んだ。あしながおじさんによる寄付に関することが書かれていた。記載者欄には、最初に現金を見つけた当番の北山美沙の名前があった。最近の記録には、トラバイス社への捜索依頼、太田と山下が初回訪問してきたことも書いてあった。

これら保管されている資料により、過去分も含めて、入所者に関する多くの情報が存在することはわかった。ただ、量が膨大なので、闇雲に目を通していくのも能がない。

主な資料は、『個人記録』と『日報』だ。入所歴のある子供の名前から探るなら個人記録のファイルだが、名前をキーとするのは、現状では無理だった。

一方、日報から探るのなら、日付を決めさえすれば、その日にあった出来事までは、簡単に辿り着くことができる。

三人は、ひとまず日付からあたりを付けて、日報を読み進めるしかないだろうと考えていた。だが、時期や日付と紐づけるとしても、雲をつかむような話だ。三人で手分けして、それぞれ別の観点で、日報から何らかのヒントを探ることにした。

探るべき第一のポイントは、あしながおじさんと何らかの繋がりがありそうな子供を見つけることだ。候補となった子供の名前さえわかれば、その子の名前をキーとして、個人記録を読み込んで深掘りするという段取りだ。

山下は、あしながおじさんが来た五月十二日以降、現在まであった出来事からヒントを探るべく、半年以上の日報を古い順に読み進めることにした。

一方、速読が得意で、記憶力に優れた聖奈は、逆に五月十二日より前の日報を遡って読み進めてみると言った。そこに何らかのヒントがあるのかどうかはわからないが。

七海は、自身の思い付くままに勘を働かせて、ランダムに気になった資料からヒントを探ると言い、昼食までの二時間集中して、とりあえず三人の作業が始まった。

分担した作業を始めてから三十分が経過した。山下は、読み始めた日から一週間後の五月十九日の日報を読み進んでいるところだった。

聖奈の方は、年末年始も施設で暮らす、家族が居ない子供達の様子や、既に昨年のクリスマスの頃の出来事までを遡って、丁寧に読み進めていた。記述から『くるみはうす』の従業員による、世間の華やかなイベント時期に心配される子供達の寂しさを埋める取り組みなどを知り、施設の存在がどれほど子供達の支えになっているのか、身に染みて感じた。日々の記述から、保育士らは子供達の気持ちに寄り添ったさまざまな心のケアに腐心していることが読み取れた。だが、心に傷を負った子供達も多く、トラブルなども頻繁に起きていた。時には躾を教える厳しい態度で子供と接する場面もある。一人ひとりの属性に応じた適切な対応により、子供達の成長を支援していく必要があるのだとわかった。

聖奈は、所内で発生した問題などを含め、記載された日々の特徴的な出来事から何らかのヒントを探ろうと、前週や翌週の日報に行きつ戻りつしながら読み進めていた。

聖奈が、同じ三十分間に読み込んだ約五カ月分の日報の量は、山下のそれとは次元が異なり、およそ二十倍のスピードで読み進めていたことになる。


七海の方は、寄付をしてくれた五月十二日という日付に着眼し、何かその日付に重要な意味があるのかも知れないとの直感により、思考を巡らせていた。去年の同じ日の日報を出してきて読んだが、得られるヒントは見出せなかった。

五月のイベントといえば、ゴールデンウィークがあり、こどもの日もある。だが、十二日はそれらの翌週だから関連はなさそうだ。あしながおじさん個人にとって、何か特別な日なのかも知れない。もしくは、あしながおじさんと『くるみはうす』を繋ぐ、ひとりの子供にとっての特別な日なのか。あるいは、二人にとって共通の重要な日なのだろうか。それとも、寄付をした五月十二日という日付には、特に意味などないのだろうか。

作業を始めてから一時間ほどが経過し、聖奈は既に一年分の日報を読み終えていた。ちょうど去年の五月十二日の日報を、七海が抜き出しに来たのを見ていて、やはりこの日付にヒントがあるとの七海の直感を察した。

なので聖奈は、さらに過去分を読んでみようと考え、再度倉庫に移動して毎年五月の日報が保管された段ボールを十年分遡って棚から下ろし、台車に載せて会議室に戻って来た。

聖奈は、十年分の日報の中から、毎年の五月十二日前後のものを読み込んだ。だが、その日が、子供たちにとって何か特別な日であると窺わせる記述は無かった。

唯一気にかかったのは、三年遡ったその日が『母の日』で、子供達と離ればなれになった母親のことなど、親子に関する記述が多数あった。みんなで似顔絵を描いたりして、所内の壁面に掲示した様子などが書かれていた。

山下が、ちょうど六月分を読み終えた頃、予定の二時間が経過したことから、一旦作業を中断してランチに出ることになった。山下は、二時間かけて、約ひと月分の日報を読み込んだが、気になったことをメモするつもりで開いたノートには、ほとんど何も書かれていなかった。一方の聖奈は、日頃からメモは一切とらない。覚えているから必要ないのだ。

七海が、前回来た時に寄った、パスタ屋に二人を誘ったが、山下が、しっかり飯を食べたいと言うので、途中にあった蕎麦屋に入り、山下は天丼の大盛りを頼み、七海と聖奈はざるそばを注文した。七海は、今までの経験から、勘を働かせるのは満腹の時よりも空腹に近い時の方が冴えるということを何となく感じていた。だから、少し物足りなかったが、今日は軽くざるそばで済ませようと思った。

七海は、蕎麦湯をすすりながら、午前中に聖奈が読み込んだ日報で、何か気にかかることがなかったか尋ねた。

「日報には、子供達の名前が毎日出てくるんだけど、十九人が男の子で、残りの十一人が女の子ね。両親と別れている子供の他に、元々親がわからず、まだ乳児の段階で、児童相談所のような役所から指示がきて、この施設で保護されてきた孤児と言われる子供もいるみたい。可哀そうだよね」

聖奈はそう言った。

七海が、五月十二日という日にちに目を付けているのを知った聖奈は、

「世の中のイベント的にみると、三年前のこの日は『母の日』だったのよ。それ以外は、

今のところ日付でピンとくる要素はまだ見つからないわね」そう言った。

山下が、「『母の日』って、毎年同じ日ではないんだよなぁ」と言うと、日本だけではなく、五月の第二日曜日を『母の日』としている国が多いらしいと七海が言った。

五月十二日が『母の日』になるのは、何年かに一度なのか。三年前の次はいつなんだろうと山下が言い、七海と山下は、同時に聖奈の方に顔を向けた。

聖奈は、通常年だと翌年の応当日の曜日は一日ズレる。今年が日曜日だと来年は月曜日だ。閏年だと二日ズレるはずだから、六年に一度の計算になると言う。相変わらず聖奈の暗算は速い。

三年前の『母の日』と、今年の寄付を結び付けるのは無理がある。だが、他に手だてが見つからない今、この日付をしばらく追っていくしかないのか。

三人は『くるみはうす』に戻り、入所者の親に関する資料や、日付に関わる資料がないか、青山施設長に尋ねていた。子供と親を繋ぐ何かが、ヒントに繋がるのではないかと考えていたのだ。

青山の話の中で、里親制度という、血の繋がりがない親が施設の子供の親となり、本人が自立するまで引き取って、自分の子供のように育てるケースがあると聞いた。戸籍上は、実父母の子のままだが、里親になって子供を預かるには、役所での厳格な審査などを経た上で、認められた場合に限られるのだという。

青山は、特別養子縁組という制度についても説明してくれた。こちらは養子縁組だから、里親と子供は戸籍上の親子となる。養父母となることを希望する夫婦が、それに相応しい人物であるかどうか、裁判所の厳しい審査があるという。

七海は、青山からその話を聞いて、あしながおじさんは、過去に施設にいた子供の里親なのではないかと直感的に思った。

現在、在籍している子供ではなく、既に退所した子供を引き取った人物による、長年子供を育ててくれた施設への寄付だったのではないかと感じたのである。

山下も聖奈も、七海が話すその仮説に可能性がある気がした。三人は、里親の情報に絞って、青山施設長から追加の資料を出してきてもらい、午後の作業を始めることにした。

二十七

実践部隊の坂井真一郎は、この日も早朝から出掛けていた。天気のいい日曜日の朝だった。七海からの依頼で、毎週鎌倉まで通い、ターゲットの公園で五十嵐渚とコリー犬、それに五十嵐と接触する人物がやってくるのを待つ仕事だ。今日で四週目だった。

いつものように、八時半頃までベンチの近くで五十嵐が来るのを待つのだが、今日も現れてはくれなかった。本当に、こうして毎週通っていれば、そのうち彼女はこの場所に来るのだろうか。自分の方から、能動的に動いて活路を見出すのとは違い、ただ待つだけの仕事というのは、根気が必要だ。

だが、仕事といっても、芝生に座って競馬新聞を拡げ、その日のレースの予想をしていれば済む。この休日出勤を始めて以来、どういう訳か的中率も回収率も好調だったことから、坂井は上機嫌だった。

帰るつもりで、駅に戻る方向に遊歩道を歩いていると、遠くからコリー犬を連れた五十嵐渚と、ジョギング姿の人物が、並んでこちらに向かってゆっくりと歩いて来た。

毎週根気よく通った甲斐あって、とうとうターゲットと会うことができたのだ。坂井は、競馬新聞を丸めて尻のポケットに突っ込み、木陰に移動して、遠巻きに二人の写真を撮った。やはり七海が言っていたように、接触していたのは五十嵐と同世代の女性だったが、犬を連れてはいなかった。

五十嵐と女性は、にこやかな表情で話をしながら歩いている。遠くて会話の内容まではとても分からなかったが、親しい間柄のように見えた。

坂井は、ジョギングの女性の方をフォローすることに意識を集中した。だが、自分の格好はジョギングに相応しいとはお世辞にも言えない。後を付けるにも競馬新聞を持った男が、若い女性をジョギングで追いかけるのは、いかにも怪しすぎる。

ここに来てから四週目だが、犬の散歩をしている人以外に、ジョギングしている人達も多数目についた。若い人もいれば年配者もいた。

思い起こすとこの四週間のうちに、この女性は何度か見かけたことがある人物のような気もした。だが、犬を連れた人物ばかりを注意してチェックしていたので、はっきりとした記憶ではなかった。

この公園の遊歩道は、ジョギングコースにもなっているようで、ベンチのあたりの路面には、５００Ｍという表示があった。スタート地点から５００メートルの意味なのだろう。周回コースの全長はわからないが、この女性はこれまでに何周もこのコースを周回していたのかも知れないと思った。

二人は、例のベンチを通り過ぎて、その先も遊歩道をゆっくりと歩いていた。坂井は距離を取って後を追った。そのまま暫く歩いた二人は、駅方向とは反対側の公園出口から出て、道路を渡った向かい側にある商店に立ち寄った。

商店は、たばこ屋が菓子パンや雑貨なども売っているような小さな店だ。店の前のスペースに、飲み物の自販機やパラソルの下に向かい合ったベンチがあり、二人はそこに座って談笑している。

坂井は、公園の敷地からその様子を窺っていた。だが、あまり近寄ったりすると、コリー犬が吠えてくるかも知れないから注意しなければならなかったが、店の老婆が出てきて、しゃがんで撫でたりしていたから、コリー犬はおとなしかった。遠巻きに、ここでも写真を撮っておいた。

二人は、買ったドリンクを飲み終えると、お互い手を振りながら別れ、女性はジョギングしながら交差点の方へ走り去り、犬を連れた五十嵐は公園内の遊歩道を駅の方向へ戻って行った。

坂井は、二人がこの商店によく立ち寄っているのだろうと思った。老婆と親しげに話している様子を見て、そう思った。

五十嵐と一緒にいた女性を追いかけることは諦め、商店で何か情報を得ようと思った。しかし、遠巻きに見た商店の老婆は、少し怖そうな感じで、取っ付きにくい雰囲気の人だった。ちょっと面倒な感じだ。

この老婆から二人のことを聞きこみするのは容易ではない気がした。せっかくのチャンスではあるが、坂井はとても気が重かった。こんな時、七海なら非凡なコミュニケーション能力を用いて、老婆と自然に話ができるだろうと思ったが、今は自分で何とかするしかない。

何かきっかけを作るつもりで、坂井は咄嗟に思い付いた、ある行動に出ようとしていた。

坂井は、店の前の自販機で缶コーヒーを買った後、それを持って店内に入って行った。

「すみません。自販機の釣銭口に、百円玉が残っていましたよ。前に買った人が取り忘れたんですかねぇ」そう言って、老婆に百円玉を渡した。

老婆は、

「あら、ご親切にありがとう！」と言って、怖い顔だったのが、笑顔に変わっていた。善人ぶりを演じる坂井の作戦は、ひとまずは当たったようだった。

坂井は、菓子パンをひとつ買って、ベンチで食べながら、老婆と話し始めるところまで何とか漕ぎつけた。

「さっき、犬を連れた二人連れの女性が座っていたから、彼女達がお釣りを取り忘れたのかも知れませんね」

と言って、二人の話に結び付けようとした。

老婆は、

「そうね。あの子達は犬の散歩とジョギングに来るとよく寄ってくれるから、今度来た時に私から返しておくわね」と言った。

そこから更に突っ込むのはかなり勇気が必要だったが、

「ジョギングを続けるって、なかなか大変でしょうね」と言って、なるべく話題を切らさないように努めた。五十嵐の素性は既に判っており、ジョギングの女性のことを聞き出したいからそう言ってみたのだ。

老婆は、あの女性二人は、お互い元々の知り合いではなかったが、それぞれ公園に来た時には、この商店に寄ってくれていて、自分は昔から二人を知っているのだと言った。

ジョギング姿の子は本当に走ることが好きで、学生の頃は毎日走りに来ていたという。社会人になってからもほぼ毎週来ていたが、数年前に大きな怪我をしたとのことで、一年以上走ることが出来なかったそうだ。怪我が癒えてジョギングを復活してからは、以前と変わらず店に寄るようになったらしい。坂井に対する警戒感が解けた老婆は、あにはからんやとても饒舌だった。

「長い間、好きなランニングができないというのは辛かったでしょうね。大怪我だと、お仕事なんかもお休みされていたのかも知れませんよね」坂井は、老婆の反応を見ながら、警戒されないように、精一杯の注意力をもって女性の属性を探ろうと言葉を選んでいた。

「そうなのよ。さっちゃん、ああ、あの子はさっちゃんって言うんだけど。鎌倉駅前の不動産会社に勤めていて、何カ月も入院していた間、お休みしていたそうよ。犬を連れていた方はなぎさちゃん」そう言った。

「さっちゃんが復帰した後、二人とそれぞれ親しかった奥さんが、このベンチで面識のない二人を結び付けたって訳ですかね」

老婆は、店先が二人の出会いの場となったことを嬉しそうに話したが、二人を結び付ける偶然の要素が、他にもあったのだという。坂井は、これはもう多少不審がられても、流れに任せて、行けるところまで行こうと思っていた。

「たまたま、なぎさちゃんの仕事のお客さんが、さっちゃんが仲介した菜園付き住宅のお客さんだってことが、ここで話していてわかったらしいのよ。東京の世田谷から移住してきた男性だって。ひとりで住むには広いけど、どうしてもその場所が気に入ったんだって。偶然ってあるものよね」

それは、いつ頃のことですかと坂井は思わず聞いていた。老婆は、今年の春頃のことだったと言った。二人の交流が始まったのは、その頃からだということだ。

老婆は、

「何で、そんなこと聞くんだい？」と言った。

坂井は、何も深い意味は無く、随分親しそうだったが、それほど古い付き合いでもなかったんだなと、ただ思っただけだと返した。

老婆の顔から、少ししゃべり過ぎたと感じている表情が読み取れた。坂井は、話題を変えようと思った。だが、既に老婆の顔には強い警戒感が浮かび、手遅れだった。

百円玉の効果はもうすっかり消えていて、公園から遠巻きに見た、あの少し怖い顔に戻ってしまっていた。

坂井は、それ以上の聞き込みは無理と判断し、ご馳走様でしたと言ってベンチを後にして公園の方へ戻って行った。振り返ると老婆は遊歩道に向かう坂井の方をずっと見ていた。

二十八

渡辺の祖母は、新しい装いで通学を始めた張静の活き活きとした姿を見るのが、とても嬉しかった。服装は、人の気持ちを変えたりすることもあるのだろうと思った。

張静の誕生日に、何をプレゼントしようかと、夫妻でいろいろと話し合った。何か日本への留学の記念になるような物だとか、一生使えるような高価な腕時計にしようだとか、欲しいものがわからないから、お金の方がいいだろうとか、思案を重ねた。

祖父は、長い黒髪を想像していた張静が、短髪の女の子だったことにより、せっかくトラバイス社が買ってきてくれた最新のドライヤーも、あまり活躍していないことを少し残念に思っていた祖母の話を何度か聞いていたので、

「張静は、あまりオシャレには興味がないみたいだけど、日本から帰ってきたら、すっかりオシャレになっていたら、親御さんも喜ぶかも知れないなぁ」

と言い出したのだ。

「そうねぇ。だったら、船山さんにお願いしてみようかしら。彼女なら、張静に似合う洋服を一緒に選んでくれそうですものね」

祖母はそう言った。

贈り物は、相手が喜ぶものを選ぶのが理想だから、欲しいものを尋ねて決めることが多いのかも知れないが、贈り主の想いや期待、気持ちを託す要素もあるのだろう。

そういう意味では、この祖父母のアイデアにより、聖奈の協力を得て贈られたプレゼントは、祖父母にとっても、張静にとっても、長く思い出に残る素晴らしい二十歳の誕生祝いとなった。

トラバイス社の聖奈からのアドバイスで、すっかり垢抜けた張静を見て、北川真理は、

その変貌ぶりに驚いていた。張静が、真理の真似をしたかったと言って、新しいハンカチを持ち歩いているのを見て、真理は何だかとても嬉しかった。

張静は、渡辺の祖父母との日常会話、授業の他に真理との交流やバイト先での仕事を通して、日本語の方もだいぶ上達していた。

渡辺の祖父母にも親友になった真理を紹介したくて、高円寺の家に連れて来たこともあった。祖父は、まだ幼かった戦時中に長野県に疎開していたことがあり、白馬出身の真理に、昔の長野の話を懐かしそうにしていた。

張静から、トラバイス社の船山聖奈のことを聞いていた真理は、一度一緒にご飯でも食べに行きたいと言った。祖母も、聖奈はとても親切だから、真理にも紹介してあげるといいと張静に言った。

張静から、親友を紹介したいと聞いた聖奈が、一応祖母の了解を得ようとしたところ、祖母は、食事代ぐらい出してあげるから一緒に行ってきて欲しいと言った。トラバイス社からの請求に乗せてくれればいいとのことだ。祖父も頷いている。渡辺の祖父母は、張静のことになると、いつでもこうして気前がいい。

だが、そうもいかないので社内で相談したところ、役員の馬場がポケットマネーで負担してくれると言う。恩人の渡辺先輩の依頼だということで、会社にも随分と便宜を図ってもらっているから、それぐらいのことはすると言った。

馬場は、

「まぁ、たまには仕事抜きの気分でいいから、若者だけで遊んでこい」と言い、栗田七海も連れて四人で楽しんで来てかまわないと言って、十分な資金をカンパしてくれた。

休日に、四人は池袋のシアトル珈琲店で待ち合わせた。四人揃って対面したのは初めてだったが、それぞれがお互いのことは話に聞いていたし、年齢もそれほど離れていないこともあり、直ぐに打ち解けていた。

張静は、聖奈を真理に紹介できるのが嬉しかった。聖奈は、二人に七海を同じ会社の同僚だと紹介した。四人は、東京での学生生活のことや、トラバイス社での仕事のエピソードなど、さまざまなことを話しながらしばし盛り上がった。

まだ学生の張静と真理だが、トラバイス社での聖奈と七海の仕事ぶりを聞いて、何か憧れに近い感覚を抱いていた。張静にとっては、聖奈も七海も大好きな日本で働くビジネスパーソンであり、真理にとっては都会育ちの自立した素敵な女性に見えた。

店を出て、何処に行きたいか張静に尋ねると、ショッピングに行きたいと言った。中国の実家に、日本でしか売っていないようなものを送ってあげたいらしい。

そうすると、ファッションビルなんかよりは、さまざまな珍しい品物を扱っている店の方がいいだろうと、大きなホビーショップに行ってみようかと七海が言った。

その店はビルの一階から十二階まで、さまざまなアイデア商品や日用雑貨が溢れ、ありとあらゆる趣味に対応できるグッズを販売している。

今の中国では、大抵のモノを買うことはできると思ったが、この店には、日本に住んでいても知らなかったような珍しいアイデア商品が沢山ある。

張静は、さまざまな珍しい商品を手に取りながら、楽しそうにフロアを歩き回っている。実家への贈り物を探すという目的は、もう忘れてしまっているように見えた。かなり長い時間店にいたが、欲しいものが多過ぎて決められないというので、通学の帰りにあらためて一人で来ることにして、今日のところは何も買わずに店を出た。

張静は、いわゆる衝動買いということは決してしない。ハンカチ一枚買うのにも、長時間吟味を重ねて納得するまで選び続けるのだ。

聖奈が、カラオケに行こうと言った。大連にもＫＴＶといわれるカラオケができる店はあったが、張静は行ったことがなかった。真理も行きたいと言ったので近くの店に入った。個室に入ると、真理は早々にコントローラーを操作して、トップを切ってマイクを手にした。真理の歌唱力は相当なもので、聖奈も七海も驚いた。真理は高校時代、地元の長野でかなりカラオケに通ったらしい。

聖奈は、張静でも覚えやすいようなバラード系の名曲を選んで唄った。真理と七海は、もうノリノリな感じで、曲を入れまくっていた。

張静は、知っている日本語曲のレパートリーが尽きると、今度は中国曲を次々と唄い始めた。結局のところ、カラオケというものは、人に聴かせるものでもなく、本人が楽しければそれでいいのだろう。大きな声で唄うと、精神面でもいい効果があるに違いない。

何度も延長して、すっかり日も暮れていた。カラオケで上機嫌になった真理が、みんな明日は休みだし、目白の自宅で飲もうと言い出し、四人は目白駅まで移動した。

北川真理のワンルームマンションは、池袋から一駅の目白駅から近い静かな環境のいい場所にあった。近くに大学のキャンパスや、歴史ある日本庭園を有する大きなホテルなどもあった。

四人は、目白駅前のコンビニに酒とつまみを買いに寄った。真理は、ビールや缶チューハイ、ウイスキーのボトルやワイン、炭酸にロックアイスなど、余れば自分が飲むと言って何本も買い込んだ。張静は唐揚げやローストビーフ、焼き鳥や生ハムサラダなど、お勧めの商品を次々と籠に入れた。このコンビニの人気商品を張静は知り尽くしているのだ。

真理はリラックスした部屋着に着替え、三人用にTシャツやスウェットを出してきて、四人は腰を据えて飲む態勢になっていた。

日付が変わる頃になると、買ってきた酒もだいぶ残り少なくなっていて、最初に七海が酔いつぶれ、次に聖奈がダウンした。

張静と真理は、飲み比べだと言って、さほど酔った感じでもなく、次々とグラスを空けていく。北国育ちの二人は、どちらも酒豪だった。

既に真理のベッドを占領して寝息を立てている七海と聖奈をよそに、張静と真理は、昼間二人から聞いた、トラバイス社の仕事について、あれこれ話していた。特に張静は、困っている人を助けるという仕事について、とても興味を持った。

張静は、今までの自分を振り返ると、自分自身や家族のことが大事なのであって、見ず知らずの人の為に何かをするということは無かった。日本に来てから、社会貢献のようなことの大切さを感じる機会が増えていた。ゴミの分別をすることで、何か自分にとっていいことがあるわけではない。むしろ手間が掛かるだけのことだ。だが、それは社会の為にはなる。

今までは、そういうことをすると、それを仕事として生活している人から、仕事を奪うことになってしまうと思うだけだった。

今回の日本への短期留学は、日本語の習得という目的以外に、張静の見識を拡げることにも繋がっていた。省吾は張静に、こういうことも学んで欲しいと思ったのだろう。

結局、四人は真理の部屋で雑魚寝をし、翌日の昼ごろまで爆睡していた。張静と真理の飲み比べは、買ってきた酒が全て無くなったので、決着は付かず仕舞いだった。

二十九

青山施設長は、過去に『くるみはうす』にいた子供達の里親に関する資料を出してきて三人に見せた。その中に、入所していた子供の名前と入退所の日付、里親夫妻の住所氏名と実父母の住所氏名などが一覧化されたものがあった。そのリストにある里親か実父の中に、あしながおじさんがいるのではないか。三人はそう考えた。

山下は、子供が退所後、施設と本人あるいは里親との交流がないのか尋ねた。決められたルールがある訳ではないが、施設長や職員宛てに、手紙が来たりすることがあるらしい。御礼や近況報告など、里親や成人した本人からの連絡もあったりするそうだ。

聖奈は、その手紙類を見せて欲しいと頼んで、会議室に追加の段ボール箱を運んで来た。三人は、まず消印の日付を元に、大量の封書の中から、毎年の五月十二日前後の封書を選別した。その中で、里親リストに名前のある差出人の封書に絞り込むと、五通の手紙があった。だが、いずれの封書からも、寄付に繋がるような情報は読み取れなかった。

封書以外の、絵葉書や年賀状の束を調べていた七海が、その中から一枚の葉書を取り出して言った。

「あった！　これじゃない？」

消印の日付は、五月ではなく、十一月だ。それは喪中の葉書だった。五月に長男が亡くなり、年頭の挨拶を遠慮するとの記載があった。三年前の暮れの消印で、差出人は、夫妻の連名になっていた。一覧表から、子供と里親の氏名を調べた。

里親は、小田切宏司・幸江であり、子供は中山和男となっていた。だが、実父母の欄が空欄になっている。聖奈が、中山和男少年の個人ファイルを出してきて読み進んだ。

山下と七海は、和男少年について青山施設長に尋ね、入所の経緯や退所までのエピソードなど『くるみはうす』で過ごした約五年間の日々についてさまざまな話を聞いた。


和男は、元々実父母がわからない孤児で、乳児の頃から『くるみはうす』で引き取って育てた。五歳になった頃、子がいなかった小田切夫妻が里親となって和男を引き取り、その後、裁判所による特別養子縁組が認められ、戸籍上の親子関係が成立したとのことだ。

青山の話に続けて、分厚い個人ファイルを全て読み終えた聖奈が話し始めた。養父母の小田切夫妻は、子がいなかったが、施設にいる孤児を引き取って愛情を注ぎ、自身の子として立派に育てたいとの強い希望を持っていたようだ。

都内や神奈川の役所に里親希望者として長年登録していたが、希望が叶って審査に通り『くるみはうす』の和男少年が候補になったということだった。


和男は、実父母がわからなかったから、姓も名も保護された自治体で付けられたもので、その氏名を元に戸籍が作られたのだという。五歳まで『くるみはうす』で育てられ、亡くなったのが三年前の五月だから、退所後八年ほどで短い生涯を閉じたことになる。中学に上がって間もなくのことだと思われた。

山下と七海は、沈痛な面持ちで聖奈の話を聞いていた。青山は、小田切夫妻に連れられて、和男が施設を出ていく時のことを、よく覚えていると言った。まさかあの元気な和男が亡くなるなどとは信じられなかったという。

『くるみはうす』での和男は、幼いながらも早いうちから善悪の区別がきちんとつけられる子供だったようだ。所内では、子供同士のトラブルもしばしば起きたが、そこに和男が関係するような出来事は記憶にないと言う。年齢の違う子供達とのコミュニケーションも問題なかった。

和男が一番好きだったのは、一日三食の食事だった。食事の時間が近づくと、食堂へ真っ先に走って行って、全員のテーブルに配膳が済むまでまだかなり時間があっても、プレートに盛り付けられた料理を嬉しそうに眺めながら、おとなしく座って待っている。好き嫌いはなく、食べ終わると必ず「美味しかった！」と言って、満足気な笑顔を見せる。食事担当は、何を出しても、和男はいつも美味しそうに残さず食べてくれるから気持ちがいいと言っていたらしい。

喪中葉書を受け取った青山は、直ぐ小田切夫妻に連絡したが、電話は繋がらなかった。その後ずっと音信不通のままだという。

聖奈は、毎年の年賀状を、過去に遡って既に調べていた。退所してから、欠かさず施設宛てに賀状は届いていたが、喪中葉書が来て以降、年賀状は途絶えていた。

三人は、あしながおじさんは、養父の小田切氏である可能性があると青山に話し、葉書の住所に直接行って、夫妻と接触してみると言い辞去した。小田切夫妻の住所は、世田谷区三軒茶屋と書かれていた。


後でわかったことだが、山下が当時の新聞データを調べたところ、中山和男が交通事故で亡くなっていたことが三面記事で判明した。三年前の五月十二日、その日は母の日で、自転車に乗った和男は、養母の幸江に花を買って帰る途中、横断歩道で車に撥ねられて救急車で運ばれ、数日にわたる救命措置の甲斐なく、病院で息を引き取ったのだという。山下は、いたたまれない想いで、それらの情報を社内システムで共有した。

依頼人の青山施設長に、新聞記事のことを伝えるのは暫く控え、小田切氏との接触の方に動き出すことになった。

善意の寄付者に御礼の意を伝えたいという相談だったが、小田切氏があしながおじさんだとしたら、青山には、御礼の気持ちを上回るお悔やみの気持ちが湧いてくるだろう。山下はそう思った。であれば、直接お悔やみを伝えるために、やはり小田切氏と会って、ご夫妻の意向を確認すべきだと思った。


翌日、実践部隊の山下と七海が、三軒茶屋の小田切夫妻の自宅に向かった。小田切家は、表通りから住宅街に入った、駅からも近い大きな家だった。だが、表札には、別人の姓が書かれていた。

七海は、小田切さんの転居先を聞き出そうと、向かいの住宅を訪ねた。奥さんが出てきて、用件を話すと親切に話してくれた。

小田切さんは、この家を人手に渡し、一年ほど前に転居したのだと教えてくれた。三年前に、養子の和男君を交通事故で亡くして、ご夫妻は酷く傷心していたのだという。

特に奥さんの幸江さんは、精神的にも相当不安定となっていたが、昨年、和男君の後を追うように、病で他界したというのだ。一人残されたご主人は、仕事も辞めてしまったようだとのことだった。

奥さんは、

「ご主人は、亡くなったご家族との思い出が染み付いた場所に、ひとりで住まわれるのはお辛かったのではないかと思うわ。この辺はとても便利なところで、広いお宅だから値段もお高いのだけど、売りに出した家は直ぐに買い手が付いて、今はどこかの会社の役員さんのご一家が住んでいるの」と言った。

七海が、転居先を知らないか尋ねると、

「よく、ご家族三人で出掛けていた、湘南の方で暮らすつもりだと言ってらしたわね」

そう言った。

この隣人から聞いた話で、山下と七海には全ての筋書きが見えた。小田切さんは、和男少年と奥さんが亡くなり独りぼっちになった。この三軒茶屋の邸宅を売り払って、思い出の鎌倉に移住した。もう資産を残す対象は誰一人いない。

和男少年の命日にあたる今年の五月十二日に、養母となることを強く希望し、八年近く和男に愛情を注いだ妻の遺志を汲んで思い立ち、今回の行動を起こした。

自分達が引き取るまでの生後五年間、和男を育んでくれた『くるみはうす』に行き、感謝の気持ちを匿名の寄付に託したということだろう。

三十

鎌倉から帰って来た坂井は、休日ではあるが自宅から社内システムに今日の調査結果を入力した。我ながら、有益な情報が得られたと満足していた。

帰りは、いつもの通りウインズ横浜に立ち寄り、好調な戦績は続いていたから、仕事とプライベートの両方で、とても充実した週末になった。

人には、バイオリズムなるものがあって、心身の状態には日々の生活で波があるものだと言われている。坂井は、仕事と競馬の調子にも、それと似たような流れがあることを感じていた。仕事が上手くいっている時には、大抵競馬の戦績が不振だ。だが、仕事の好調で競馬の不調が慰められているようなところがあった。

反対に、競馬が好調な時には、仕事が上手くいかなかったりする。やや不謹慎ではあるものの、そんな時の気分の落ち込みを競馬の好調で埋め合わせることも、僅かだができるのだ。坂井は、そんなおめでたい性格なところがあった。

そうやって、自分の心持ちを勝手な理屈でコントロールすることにより、気持ちのダメージを軽くすることができた。年間を通じて、仕事も競馬も好調な、周期が重なるいわば絶好調の時期がたまにはある。今週末がそれだった。

坂井の、そんな充実した気分とは逆に、三軒茶屋で得た小田切一家の不幸な事情に接した七海と聖奈の胸中には、悲しい気分が入り混じっていた。

勝負事の勝者と敗者の関係とは別の意味で、同じ組織で同じ目的に向かって取り組んでいる同僚間でも、その裏側では、楽しい心情と悲しい心情が、ひととき同時並行して進んでいるようなことがあるものだ。


翌日、坂井は、別件の現場に寄った後、昼前に出社した。昨夜、共有ファイルで報告済みだった、毎週通い続けて鎌倉の公園で得てきた成果に、恐らく同僚からの称賛が得られるだろうと感じていた。オフィスに着くと、すぐに権堂社長が近寄って来て、直々に労いの言葉をもらった。

今回の休日出勤を頼んできた七海も、坂井の行動力に感心し、とても感謝していた。公園前の商店主を介して、五十嵐渚と接触していた人物が確認できたことは大きい。坂井の机の上に栄養ドリンクが置かれていて、それは七海からだと言う。

山下と七海と聖奈が、『くるみはうす』で掴んできた情報に、三軒茶屋で得た情報、そして坂井が鎌倉で得た情報を総合すると、あと少しであしながおじさんに辿り着くことができる。

五十嵐渚の友人である、ジョギング姿の『さっちゃん』が仲介したという、菜園付きの戸建住居の買主こそ、恐らくは小田切宏司であり、彼が『くるみはうす』に匿名の寄付をしたあしながおじさんだと思われた。

鎌倉駅前の不動産屋をあたり、『さっちゃん』を捜し当てれば、小田切の住まいの場所を聞き出すことができるはずだ。坂井が掴んできた情報をもとに、次回の企画会議で、今後の役割を決めることになった。

すると、その日の午後、トラバイス社に一本の電話があった。船山聖奈宛てだった。架けてきたのは、五十嵐渚である。聖奈が渡した名刺を見て、五十嵐の方から接触してきたのだ。それは照井が話していたシナリオ通りのことだった。

探偵社の梅森社長が示唆してくれたのは、仕込みを済ませて急がず待っていれば、関係者の方から、思いもよらず発見の糸口が得られることもあるということだったのかも知れない。

　聖奈は、自分の方から話すことは控えて、まずは五十嵐の用件に傾聴した。五十嵐の友人について、不審な男性が調べにきたが、トラバイス社によるものなのかと聞いてきた。鎌倉の公園にある商店の店主から聞いた話で、友人も気持ち悪がっていると言う。

　それは、トラバイス社の社員による調査だったとだけ、聖奈は答えた。五十嵐は、友人を引き合いに出したが、本心では自分自身がずっと気になっていて、聞き込みの理由について知りたがっているのだろうと聖奈は感じた。

　山下の機転の利いた聞き込みが、情報の取得だけに留まらず、商店の老婆を動かし、五十嵐の背中を押したのだろう。そう思った。

　聖奈は、ここは五十嵐渚と対面で話すべきだと判断し、電話で内容を話すことは止めて、鎌倉で会う約束を交わした。決して迷惑をかける話ではなく、調査の目的と今まで調べてきたことをお話しするので、できればその友人にも同席して欲しいと頼み、了解が得られた。小田切が住む住宅の場所を知っているのは、その友人なのだ。

三十一

週末、聖奈は、前回の支店訪問で、一緒に五十嵐と会っていた七海を帯同し、鎌倉駅前の喫茶店に来ていた。少し早めに着いて、奥の静かなボックス席を確保して二人を待った。最初に、友人の方が店に入って来た。坂井が撮影して社内共有した『さっちゃん』という渚の友人の風貌も確認済みだったので、直ぐに彼女だとわかった。七海が入口まで行って彼女に声を掛け、奥のボックス席まで連れて来た。

二人は、トラバイス社の名刺を出し、本題に入るのは五十嵐渚が来てからにすることを伝え、簡単な自己紹介をした。『さっちゃん』こと杉村小百合は、七海と聖奈を見て、想像していたのと随分違い、調査員というイメージとはかけ離れた同世代の感じの良い女性との印象を持った。いったいどんな話をしてくるのか、心配な気持ちで店に来たが、二人は常に明るい笑顔を浮かべていて、不安はまったく消えていた。

七海も聖奈も、こうして初対面の人に対しても、警戒感を解く雰囲気作りが抜群に上手かった。そしてそれは、演技のようなものではなく、いつもごく自然にそうなるのだ。

彼女は、渚の友人である初対面の自分の顔を、既に二人に知られているということにも全く気付いていなかった。

しばらくすると、約束の時間に少し遅れて、五十嵐渚が急いで店に入って来た。それに気付いた杉村小百合が、手招きをして渚を席に呼んだ。

渚は、支店の近くの喫茶店でもあり、誰に見られているかもわからないので、信用金庫の制服の上にカーディガンを羽織って、ＩＤカードもポケットに仕舞った。別に、後ろ指を指されるようなことをしている訳ではなかったが、仕事中の渚には、そういうディフェンシブな意識が、習慣として身についていた。

トラバイス社の社員と会って話すことは、もちろん信用金庫の業務にはあたらない個人としての行動ではあった。とはいえ、支店の顧客情報に関連する行為である以上、渚にとっては業務の延長線上のことだという意識があったのだ。

既に店に来て、聖奈らと同席していた杉村小百合が、比較的柔らかな表情でいるのを見て、渚は少し不思議な感じがしていた。調査員からの事情説明という面会の主旨からすれば、警戒心が前面に出ていておかしくないはずだが、その場にそういった空気はなかった。

渚が飲み物を注文し、早速本題に入ることになった。

今回の依頼の主旨や、現在までの調査過程について、そのポイントのみ聖奈が要領よく説明した。経緯説明の中で、調査先や調査で判明した関係者の固有名詞などは、全て伏せたままにした。

トラバイス社の概要や、今回、ある施設からの依頼で、ある人物を捜すことになり、渚に辿り着いた過程について、丁寧に説明した。一通りの説明を終えた聖奈が、最後にひとりの固有名詞を口にした。

トラバイス社の仮説によると、信用金庫で五百万円の現金を引き出した人物は、鎌倉在住の男性で、『小田切』という名前だと踏んでいると話した。

聖奈と七海が、その名前を口にした瞬間の渚と小百合の反応を見逃すはずはなかった。二人の表情の変化は、明らかにそれが正しい仮説だということを教えていた。

渚は、自分が社内規定に違反することもなく、トラバイス社が独自の調査で小田切氏に辿り着いたことに驚き、同時に安堵の気持ちも抱いた。

そして、小田切が引き出した五百万の現金は、やはり当時本人が申告した、住宅購入の手付金などではなかったことを知った。『くるみはうす』に匿名の寄付をするための資金だったのだ。

小田切は東京からひとりで鎌倉に移住してきて、菜園付きの戸建てを購入したのだと言っていた。小百合と話していて、後日わかったが、その物件は犬の散歩ルートに建つ、特徴的な水色屋根の小さな家で、渚はよく知っている場所だった。不動産屋への支払いは振り込みでお願いしたが、小田切は現金でないと困ると言ったのだ。

杉村小百合は、小田切を物件に案内した時、どこか寂しげだが東京からこの地に移り住むことへの強い想いのようなものを感じた。それが、失った二人の家族との思い出の場所であることによるものだったと知り、目を潤ませていた。

こうして、トラバイス社が請け負った、あしながおじさんを見つけるというお困り事は、依頼を受けてからかなり時間は要したものの解決した。あとは依頼人である青山施設長への報告という仕事が残っていた。

三十二

実践部隊の山下と七海は『くるみはうす』の会議室で、青山施設長以下、出席していた数名の所員に向けて、調査結果の報告を始めた。調査方法やその過程についても、掻い摘んで説明に入れ込む。だが、調査過程で判明した関係者について個人が特定されるような表現を極力避け、ノウハウの流出を防ぐ意味でも、トラバイス社からの報告は、全て口頭のみで行うことになっていた。

出席者は、あしながおじさんが、和男の養父だったと聞いてとても驚いていた。全く想像もしていなかったことだ。そして、そこまで辿り着いたトラバイス社の調査力に、驚きと共に深い感謝の気持ちを抱いた。

山下は、青山施設長からの依頼は、あしながおじさんを捜して、その所在を突き止めるということであり、調査で判明した小田切宏司の住所を伝えた。そして、トラバイス社が請け負った依頼はそこまでであると話した。

企画会議では、その後の小田切との接触には、トラバイス社として関与しない方針が確認されていた。小田切宏司は、青山の訪問を望んでいないかも知れない。依頼主はあくまで青山であり、その要望を優先することにはなる。だが、一方のお困り事を解決することが、別の善良な誰かを困らせることになるのは、トラバイス社の社是に相容れず、必ずしも世の中の役にたっているとは言えないのかも知れない。よって、当初の予定通り、寄付の御礼を目的として、小田切にアプローチするのかしないのか。また、その方法などについては、当事者の良心に基づく判断に委ねるべきだと整理された。

青山に伝えた鎌倉の居所は、小田切自身が所有し居住する自宅住所であり、そこに行けば間違いなく会えるはずだ。報告会を一時間ほどで済ませ、二人は『くるみはうす』を辞去した。青山施設長以下、会議出席者全員が玄関まで見送りに出てくれた。砂場で遊ぶ子供達の無邪気な笑い声が聞こえていた。

山下と七海は社に戻る道中、目的を達成できた充実感と、遣る瀬無さのようなものが入り混じった感覚を抱きながら、本件の調査過程を振り返っていた。今回も、トラバイス社の社員それぞれが持つ強みや発想、行動力が発揮され、あらたなノウハウも蓄積された。

長期間にわたる調査で、会社としてはそれ相応の手数料収入も得られた。

二人は社に戻り、『くるみはうす』での最後の仕事を終えてきたことを社内で報告した。通常なら、また、世間のお困り事がひとつ解決できたことを喜び、それを肴にいつもの店で祝杯をあげるところだが、和男少年と小田切の養母が、不幸にもこの世を去ってしまったことを思うと、今日は何か精進落として献杯を交わすような気分になっていた。

翌月、青山施設長から、トラバイス社に手紙が届いた。既に手数料の入金も済んでいた。手紙には丁寧な御礼の言葉と、その後『くるみはうす』が対応したことについて書かれていた。青山は、小田切さんの心痛も察し、鎌倉の自宅に押し掛けるようなことは控え、トラバイス社が調べてくれた住所に宛てて、御礼状を添えた郵便物を送ったとのことだった。

あしながおじさんが、和男の養父だったことを知った所員のひとりが、記憶に基づいて所内の倉庫の奥に眠っていた和男所縁の品物を探し出してきたというのだ。

それは区役所主催の幼児が描いた絵を展示する企画に出品した数枚の絵であり、和男が描いた作品も含まれていた。小田切に引き取られる少し前のものらしい。その絵が区役所から返却された頃には、既に和男は小田切夫妻に引き取られて退所していたのだという。

おそらくその絵は、小田切にとって幼い和男を偲ぶ大切な思い出の品として、価値あるものであったはずだ。

聖奈が、『くるみはうす』の倉庫から十年分出してきた五月の日報の中に、区役所主催の展示会に関する記述があったと言い出した。聖奈の記憶はいつも正確だった。

それを読んだのは九年前の五月十二日の日報で、その日は母の日だった。この年は既に、和男が退所して二年後の時期だったことになる。

『くるみはうす』の子供達の描いた絵の中から数枚の出品候補を、横浜市青葉区役所に持ち込んだことが書いてあったというのだ。

毎年のことではないが『くるみはうす』では、そうやって区役所の季節イベントに掲示される絵を出品していたことがわかる。

青山施設長が小田切宏司に送ったという、当時和男が描いた『母の日』の絵は、和男と養母の小田切幸江が仲良く手を繋いでいるような構図だったのかも知れない。そうだとすれば、青山が送った絵を見て、小田切宏司がどれほど二人を愛おしく想っただろう。聖奈はそう思った。

青山からの礼状には、その後の小田切からの返信や、接触の有無については何も触れられてはいなかった。だが、トラバイス社が請け負った『くるみはうす』で起きたお困り事への対応が、関係者の心を癒やすことに繋がったのかも知れない。たとえ形の無いものであっても価値があることは、この世の中に沢山ある。

三十三

大連から来た中国人留学生の張静が帰国してから既に六年が経っていた。帰国の日は、渡辺の祖父母も、成田空港まで見送りに行った。聖奈も、七海も、北川真理も一緒だった。

張静は、来日した時と同様、多くの荷物を預けていた。だが、その預けた荷物の中身は来日当時とは、すっかり変わっていた。

大連から持ってきた衣類は、ほとんどが日本であらたに購入したものに入れ替わっていた。スーツケースの中に、一番のお気に入りだったピンク色のセーターは、もう無かった。

日本で滞在した二年間で、張静は本当に多くのことを経験し、学び、見識を拡げることができた。そして、あらたな価値観も芽生えた。

帰国後、大連の大学を優秀な成績で卒業し、開発区にある日系企業で働いていたが、昨年から新しい仕事を始めたのだという。

張静の当時同級生だった渡辺省吾は、彼女に招かれて久しぶりに大連周水子空港に降り立っていた。真冬の極寒とは異なり、この季節の大連は涼しくとても過ごしやすい。

張静からは、高円寺の祖父母も招待を受けていたが、普段から病気などしたことがなかった祖父の方が、出国数日前になって食べ物アレルギーで体調を崩してしまい、今回は渡航を断念することになった。祖母はとても残念がり、実の孫のように可愛がっていた張静への沢山のお土産を省吾に託した。

大連の大学を卒業してからの張静は故郷には帰らず、そのまま大連での就職を希望した。実家のある遼寧省の農村部には、張静が求めるような仕事は全く無いのだ。両親も張静がそのまま大連で生活することに賛成していた。

農村部から都市に出稼ぎに来る人は多く、都会でお金を稼ぎ、実家に送金することで生計を成り立たせているような家庭も、大陸では特別なものではなかった。

春節時期の長期連休がやってくると、そうやって都会に出てきている人達は、沢山のお土産を携えて、家族の待つ故郷へ帰省するのだ。

大連から、故郷の実家まではバスを乗り継いで四時間以上かかる。狭い日本では少し考えにくいが、北京や上海まで行くことを考えれば近いと言えた。なにせ中国は広いのだ。

ここ大連は旧満州国にあたる場所で、政治的な評価は別として、当時の日本からの産業投資により、道路や鉄道、電話線などの通信、農作物の品種改良などが進み、大きく発展した。人口は増え続け、日本人居住者も多かった。

そのような歴史的背景からも、日本語が理解できる年配の人達もいて、若い人達の間でも日本語を学ぶ学生は多く、それもあって労働力を求めてこの地に進出してくる日系企業も年々増加していた。


張静が入社したのもそのうちの一社であり、日本の大手電機メーカーのグループに属する企業だった。日本での滞在で磨かれた張静の実践的な会話力は、社内の日本人管理職とローカル社員との円滑なコミュニケーションに役立ち、中国人従業員との文化や習慣の違いを埋める役割も担うことができた。

日本に行く前は、どちらかというと、あまり積極的なタイプではなかった張静だが、最近の彼女は何処か自信に溢れていた。それは語学を習得したことによるものだけではなく、日本での多くのコミュニケーションの経験が元となり、帰国後の六年間が彼女の人間的な成長に繋がっていた。そこに、船山聖奈と栗田七海という、日本のビジネスパーソンへの羨望の想いが影響していたことは明らかだった。

そう考えると、若いうちに違う世界へ飛び込み、環境を変えることが、その人の性格までも変化させ、人を大きく成長させるものだと言えるのかも知れない。

一方の省吾も、中国留学で語学以外の多くのことを学んだ。中国の経済発展のスピードは凄まじいことも体感した。日本のように体裁や形にこだわることがないし、ガチガチのルールに縛られるようなこともなく、スピードや実利を重視し、ある意味合理的とも感じた。

例えば、大学近くに巨大なショッピングモールができた時のことだ。日本にも同規模のものはあるが、大々的なオープン初日に、モール全体が未完成などというのは日本ではありえないだろう。だが、大陸ではよくあることだ。入居テナントが全て埋まっていなくても、一部のテナントは内装工事をやっている最中でも、モールはオープンするのだ。

一日でも早く店を開ければ、それだけ集客も増える。既にオープンできる店舗が、工事中の他店舗の完成を待つなど無駄なことなのだろう。そして、訪れる客は、ブルーシートの養生や内装資材がフロアに転がっていても気にしない。つまり、サービスを提供する側も、受ける側も、日本の感覚とは全く異なるわけだ。ただ、そういうことを目にすると、逆に日本人の美的感覚や心遣いを重視する文化を、省吾は一層誇らしくも感じていた。

三十四

渡辺省吾は、留学期間中の想い出深い大連を訪れるべく、羽田空港から大連周水子空港まで、早朝発のＪＡＬ便に搭乗した。久しぶりに張静と会えるのが楽しみだった。

張静が帰国した時は、ソウル経由の格安航空券で、待ち時間含め十時間ほどかかったが、今回は直行便なので三時間余りで着いた。張静が大連から実家まで、同じ省内をバスで移動するよりも早い。

省吾は、重いカートを押しながら、空港内の独特の匂いを懐かしく感じつつ、改装を終えて新しくなった構内を進んで行った。

到着ロビーに向かって行くと、そこに張静が迎えにきていた。部下と運転士を従えて三人で待っていたのだが、その姿を見て省吾は思わず笑顔になった。

遠巻きに出口の方に目をやると、到着便の出迎えで混みあっている人混みの中で、張静達はひと際目立つ、お揃いの真っ赤なツナギを着ていたのだ。

省吾を見つけた張静は、両手を大きく振って、嬉しそうに飛び跳ねていた。久しぶりに省吾と対面した張静は、笑いながらいきなり抱きついてきたりした。

張静は、日系企業に四年間勤めて退職し、ずっと開業準備を進めていたが、昨年、ここ大連で起業したのだった。その業種は、トラバイス社と同じ『何でも屋』だった。

三人が身に着けていた真っ赤なツナギは、トラバイス社のものと同じデザインに見えたが、背中のロゴがヒツジではない。

張静は、自分の背中を見せながら笑った。大きな可愛いパンダのイラストが描かれていて、『帮助熊猫（お助けパンダ）』という社名が入っていた。

留学中に、聖奈や七海から聞いたトラバイス社でのエピソードや、張静自身が享受した、渡辺夫妻の依頼に応える細やかなサービスは、忘れられない体験となっていた。

張静から、大連で起業するという相談を受けた省吾は、日中の文化の違いを考えると、同じやり方で、『何でも屋』という事業が成り立つかどうかわからないだろうと言った。そもそも、サービスに対する考え方や価値観が全く違うのだ。

だが張静は、今はもっと大きな困り事を抱える人で溢れていそうな中国でも、いつか些細な困り事の解決を求める社会がくるはずだと言い、とうとう起業することを決め、既に従業員二人とともに仕事をスタートしていたのだ。省吾が初めて会った時には、想像できないほどに張静は逞しく成長していた。

沢山の荷物を載せたカートを押して前を行く背中のパンダを見ながら、省吾は張静と懐かしく語らいながら駐車場に向かった。運転士がバックドアを開けたワゴン車の側面には、888号とペイントされていた。

トラバイス社では、二台しかない車に55号車とペイントしているのを真似たのだろうということは直ぐにわかった。

それを見た省吾は、

「気持ちはわかるけど、それだと、ちょっとやり過ぎだと思うよ」と言って苦笑した。

トラバイス社のノウハウを信奉するのはいいが、この調子だと少し先が思いやられると省吾は思った。

だが、始める前から、うまくいくのがわかっていることばかりではない。多少計画は粗くても、チャレンジすることで道が開けることだってある。

行動する前に、綿密に計画を立て、その実現可能性を細かくチェックし、立てた計画通りに実行して、進捗管理するような日本式では、中国ビジネスシーンで生き残ることは出来ないのかも知れない。

大胆にチャレンジして失敗を繰り返し、そこから学んで逞しく再起することは、次の成功の布石となることはあるだろう。そういうスタイルこそ、中国流でいいのかも知れない。

省吾は、張静の凛とした横顔を眺めながらそう思った。

省吾と、三人の夢を乗せた、『帮助熊猫８８８号』は、大連中心部へと続く大通りを、爽やかな風を切って走って行った。

ケビン　小竹（けびん　こたけ）

1960年生まれ。東京都出身。明治大学法学部卒業。保険会社に36年間勤務。全国各地の拠点勤務、本社企画部門、上海駐在、新事業などを経験。定年退職後、執筆活動を始める。著書に『湖を渡る軌跡』（東京図書出版）がある。

開業！ トラブラドバイス株式会社

2024年11月８日　初版第１刷発行

著　　者　ケビン小竹
発 行 者　中 田 典 昭
発 行 所　東京図書出版
発行発売　株式会社 リフレ出版
〒112-0001　東京都文京区白山 5-4-1-2F
電話（03）6772-7906　FAX 0120-41-8080
印　　刷　株式会社 ブレイン

ISBN978-4-86641-809-4 C0093
Printed in Japan 2024